아마도 어쩌면 아마도

글벗동인 제3소설집

아마도 어쩌면 아마도

장소현

곽설리

김영강

정해정

조성환

문학나무

꿈꾸러기들의 길찾기

'글벗동인'의 세 번째 작품집은 짧은 소설 모음으로 꾸몄습니다.

요새는 짧은 글이 대세라지요. 명칭도 미니픽션, 스마트소설, 미니서사, 손바닥소설 등등 다양하다고 들었습니다. 꽁트나 장편(掌篇)소설 같은 오래된 명칭도 있지요.

명칭이야 어찌 되었건, 저희가 짧은 이야기로 책을 펴내는 뜻은 세상의 추세에 맞추려는 것은 아닙니다. 저희가 생각한 모범은 톨스토이, 카프카, 알퐁스 도데, 오스카 와일드, 마크 트웨인, 오 헨리… 같은 빛나는 이름들입니다.

"단순하게 만들기가 가장 어렵다. 단순함의 완벽함이란 더 이상 보탤 게 남아있지 않을 때가 아니라 더 이상 뺄 게 없을 때 완성된다."라는 생떽쥐페리의 말씀도 길잡이로 삼고 싶었습니다. 짧게 압축된 글의 시적(詩的) 여운을 그리워하는 겁니다.

욕심이 너무 지나쳤나요?

그것보다도, 길들여진 형식의 틀에서 벗어나 자유롭고 싶다, 잠시라도 좋고 실패해도 좋으니 한 번 용감하게 벗어나보자, 습관의 울타리에서 벗어나보자… 그런 생각이 컸는지도 모르겠습니다. 가령, 단편소설은 원고지 몇 매 가량이어야 하고, 이야기의 전개 방식은 기승전결의 흐름을 따라 이러저러 해야 한다는 식의 틀 같은 것 말입니다. 그런 것에서 자유로워져보자.

그렇게 자유롭게 글을 썼고, 책으로 묶었습니다. 결과는 걱정했던 대로, 그다지 성공적이지 못합니다. 조심스레 울타리를 벗어나보니, 더럭 겁이 나고 불안해서 멀리 갈 엄두도 못 내고 주위를 맴돌다 만 모양새입니다. 부처님 손바닥을 못 벗어나는 손오공인 셈이지요. 형식이니 규칙이니 하는 고정관념이 엄청나게 완고하다는 걸 실감합니다.

하지만 결과와는 상관없이 형식 파괴, 틀 깨기는 신선하고 유익한 경험이었습니다.

저희 '글벗동인' 회원들은 나이도 꽤 들었고, 글을 쓴 세월도 아주 짧지는 않습니다. 그러다 보니, 늘 쓰던 대로의 익숙한 시선과 습관적인 방식으로 글을 쓰는 것이 아닌가 하는 의심이 들곤 합니다. 늘 거기서 거기인, 그저 그렇게 고만고만한 작품에 매달려 답답한 것이 아닌가 하는 반성 말입니다. 너무 익숙해지면 둔감해지기 쉽고, 만만하게 여기기도 쉬워지게 마련이지요.

말년의 루빈스타인이 인터뷰에서 "나는 아직도 무대에 나가 피아노 앞에 앉으면 너무나 떨린다"고 했는데, 우리 모두 명심해야 할 얘기입니다.

그런 점에서 짧은 소설을 쓰는 새로운 시도는 많은 것을 배우고 느끼는 좋은 공부였습니다. 앞으로도 기회가 주어지고 가능하다면, 가보지 않은 새로운 길을 가는 설렘을 경험하고 싶습니다. 그렇게 새로운 세상을 기웃거리다보면 '나이 든 청춘(靑春)'이 될지도 모르지요. 꿈이 너무 야무진가요?

저희 '글벗동인'은 무슨 거창한 목표를 가진 공동체는 아닙니다. 그저 척박한 사막땅에서 글을 써보겠다고 애쓰는 외로운 글쟁이들끼리 서로 격려하고 응원하고, 서로 좋은 독자가 되어주자는 소박한 생각을 가진 모임입니다. 하지만 꿈은 제법 야무집니다.

저희 '글벗동인' 다섯 사람은 모두 로스앤젤레스에

살고 있는 이민자들입니다. 대한 '미'국 서울시 나성구(羅城區)에서 한글로 글을 쓰는 사람들입니다. 그런 만큼, 다인종 다문화 사회에서만 나올 수 있는 글, 한국의 작가들은 쓸 수 없는 글을 쓰고 싶다는 꿈을 가지고 있습니다. 그저 헛꿈으로 끝날지도 모르겠지만, 아무튼 그런 글을 써보려고 애를 씁니다.

잘 아시는 대로 미주 한인문학, 이민문학, 디아스포라 문학은 변방의 문화입니다. 한국문단으로부터도 제대로 된 평가나 인정을 거의 못 받는 신세이고, 미국 사회에서는 소수민족 문학 중의 하나일 뿐입니다. 삭막하고 외롭지요.

하지만 저희는 변방의 가능성을 믿습니다. 변방이 창조와 가능성의 공간이라는 것을 믿고 자랑스럽게 생각합니다.

말이 너무 거창했네요. 아무튼 우리 동인은 계속 꿈을 꾸고 그 꿈을 이루겠습니다.

이천이십이년 늦여름
대한 '미'국 서울시 나성구에서
글벗동인 일동

차례

오늘의 새마을운동

이름이 무슨 죄

신 제비타령

인명은 재천이라

장
소
현

서울대 미대와 일본 와세다대학교 대학원 문학부를 졸업했다. 극작가, 시인, 미술평론가, 언론인 등으로 활동하는 자칭 '문화잡화상'으로, 이런 저런 글을 써서 여기저기에 발표하고 있다. 그동안 시집, 희곡집, 칼럼집, 소설집, 꽁트집, 미술책, 글벗동인 소설집 등, 27권의 책을 펴냈고, 50편의 희곡을 미국과 한국에서 공연 또는 발표했다. 고원문학상과 미주가톨릭문학상을 수상했다. sochangusa@gmail.com

오늘의 새마을운동

언제부터 어떤 식으로 미신, 주술, 무속 같은 끈적끈적한 아지랑이가 민중을 사로잡았는지를 정확하게 아는 사람은 없다고 전해진다. 그런 걸 정확하게 알아서 뭐하느냐는 투덜거림도 만만치 않다고도 전해진다.

아, 돈만 있으면 우주로 개인 관광여행을 다니는 이 첨단과학시대에 무속이라니, 이게 웬 소동인가, 새마을운동이라도 다시 불러와야 하는 건가? 라고 중얼거리는 사람도 적지 않다고도 전해진다.

"오늘 아침에도 또 나왔네."
"뭐가?"
"땡초법사님 말씀!"
"땡초? 뭐라고 했는데?"
"동글뱅이 성씨 바퀴 조심."

"동글뱅이 성씨 바퀴 조심이라구? 바퀴 조심이라, 자동차 조심하라는 말인가?"

"당신도 조심해요! 자동차 조심! 오늘은 지하철로 출근해!"

"에이, 그건 좀 그렇다!"

"뭐가? 뭐가 그렇다는 거야?"

"성씨에 동그라미 들어간 사람이 국민의 절반이나 될 텐데… 이윤안강공성명은송장오인정홍… 방공홍오우유승인… 모두 동글뱅이 들어간 성씨인데…"

"당신 왜 그렇게 매사에 삐딱해요? 조심해서 손해 볼 것 없잖아요! 그리구, 땡초법사 말 잘 맞는 것 같은 데… 동네 아줌마들이 다 그러던데…"

"잘 맞는다구? 뭐가 잘 맞아?"

"얼마 전에도 딱 맞았잖아! '뚱뚱이 불장난 조심'이라고 한 말… 그날 북한 김정은이 미사일 쐈잖아! 딱 맞은 거지! 기억 안 나?"

"그런가? 그런 거야 어쩌다 맞을 수도 있는 거지…"

"암튼, 조심해요. 조심해서 손해 날 거 없잖아! 오늘은 차 끌고 나가지 마요!"

"알겠습니다. 조심조심 생존하겠습니다, 마나님!"

땡초법사라는 무속인이 언제부터 어떻게 등장해서 어떤 식으로 유명해졌는지 정확하게 아는 사람은 없다고 전해진다.

땡초법사는 철저한 익명의 그림자 뒤에 숨어서, 사회적으로 민감한 사안에 대해 예언 비슷한 것을 내놓는데, 10글자 이내의 짧고 강력한 글로 표현했다. 잊을만 하면 발언을 내놓는 절묘한 자기 관리도 잊지 않았다. 그의 선언적 발언이 소셜미디어를 통해서, 특히 주부층을 중심으로 불길처럼 번져나갔다. 백발백중은 아니지만, 몇 번인가 딱 맞아떨어졌다는 소문이 산불처럼 번져나가면서 반짝 유명해졌다. 말하자면 소셜미디어 덕에 스타가 된 것이다. 아줌마계의 아이돌 스타… 만만치 않은 영향력을 발휘한다는 평가도 많았다. 주부들의 인기 덕에 영향력이 막강하다는 분석이었다.

그 땡초법사께서 '바퀴 조심'이라 선언하셨으니, 아마도 오늘 하루 종일 택시운전사, 택배기사, 배달기사처럼 주로 바퀴 위에서 살아가는 사람들의 부인들 목소리가 엄청 커질 것이고, 그 덕분에 교통사고가 크게 줄어들 것이라는 희망도 커질 것이다.

나도 하루 종일 바퀴 조심에 은근히 신경을 쓰며 지

냈다. 나도 모르게 그렇게 되었다. 아마도 그것이 무속의 마력인 모양이라는 생각도 들었다.

마나님의 분부대로 지하철로 출근했고, 사무실의 내 의자 바퀴가 빠질까 걱정스러워 가끔 내려다보고, 귓바퀴도 평소보다 자주 만져보고, 다람쥐 쳇바퀴처럼 돌아가는 지겨운 인생을 한탄하기도 했다.

헤르만 헤세의 「수레바퀴 아래에서」를 생각했고, 황동규 시인의 "바퀴를 보면 굴리고 싶어진다."는 시 구절을 떠올리기도 했다. 점심 먹은 뒤에 하는 걷기도 오늘은 옥상을 한 바퀴 도는 것으로 대신했다. 두세 바퀴 더 돌고 싶지만 바퀴를 조심하라는 말이 자꾸만 걸린다.

그러고 보니 내 주위에도 바퀴가 참 많구나, 모른 채 그냥 지나쳐서 그렇지 참 많구나. 하긴 그 바퀴들 덕에 내 인생이 굴러가는 건지도 모르지….

아무튼 그렇게 조심한 덕에 오늘 하루도 무사히 넘겼다. 그렇게 내 인생의 시계바늘이 한 바퀴를 돌았다.

곧장 퇴근하여, 안심하고 집 동네로 들어서다가 동네 중국집 배달 오토바이와 부딪칠 뻔한 위기를 빼면 평화롭고 무사한 하루였다.

오늘 따라 마나님의 남편 맞이는 과장된 환영일색이었다. 바퀴 조심, 무사귀환을 진심으로 축하했다.

"소인, 무사히 잘 다녀왔습니다."

"무사귀환을 환영합니다. 바퀴 조심하느라 고생 많으셨지?"

"오늘 하루 별 일 없으셨겠죠?"

"응, 우리 집에는 아무 일도 없었는데… 뒷집 윤 선생네 아이가 자전거를 타다가 넘어지는 사고가 있었대요. 바퀴 조심을 안 한 거지, 뭐! 그 바람에 땡초법사 인기도 많이 올라갔대."

"에이, 애들이 자전거 타고 놀다가 넘어지는 일이야 다반사지, 그런 거 가지고 뭘 그래."

"그게 아니야! 넘어지면서 시멘트 바닥에 머리를 크게 부딪는 바람에 병원에 실려갔대요. 큰 사고였던 셈이지… 아무튼 그 바람에 모두들 땡초법사 신통력에 감탄했지 뭐…."

"허허, 그것 참…."

"어서 옷 갈아입어요. 저녁 먹읍시다."

"알았습니다."

옷을 갈아입고 있는데, 느닷없이 부엌에서 마나님의 날카로운 비명소리가 날아왔다.

바로 쏜살같이 달려갔다.

"왜 그래? 무슨 일이야?"

"바… 바…퀴!"

"바퀴? 무슨 바퀴?"

"바퀴… 바퀴벌레!"

마나님의 손가락이 바르르 떨며 가리키는 곳을 바라보니 제법 우람하고 큼지막한 바퀴벌레 한 마리가 황급히 도망을 치고 있었다. 마나님의 비명소리에 놀란 모양이었다.

아, 바퀴! 아, 저 놈의 바퀴벌레를 처치하려면 온 집안을 한 바퀴 뒤집어엎고 한바탕 소동을 벌여야 할 판인데….

이렇게 나의 평화로운 하루가 박살나버리는 건가? 아, 땡초법사의 예언이 이런 식으로 맞아떨어지는 건가? 결국 오늘 하루는 바퀴 때문에 무사하지 않은 하루였구나. 하지만 내가 아무리 조심을 한다 해도 바퀴벌레놈의 무례한 출몰을 막을 수는 없는 일인데….

그로부터 얼마 뒤, 땡초법사가 그림자 속으로 사라

져 없어져버렸다는 소문이 바람결에 들려왔다. 인기가 한창 올라가는 판인데, 느닷없는 잠적이 안타깝다는 여론이 많았는데, 들리는 말로는 유명해지면서 어찌나 찾아와서 귀찮게구는 정치가나 높은 놈들의 부인이 많은지, 더러워서 아예 사라졌다는 이야기….

하지만, 그가 사라진 빈자리를 작은 고추 도사, 태양초 거사, 할라피뇨 법사 등이 메웠다. 인절미 베어 먹은 자리요, 배 지나간 강물처럼 감쪽같았다. 그리고, 오늘의 새마을운동을 다시 시작해야 한다는 목소리가 커졌다고 한다. 세상은 늘 그런 식으로 돌아갔다고 전한다. 개인 우주관광여행이 가능해진 첨단과학의 빛나는 발달과는 아무런 관계없이 그렇게 지극히 인간적 낭만적으로 돌아갔다고 전해진다. ✈

아마도 어쩌면 아마도

이름이 무슨 죄

아이구, 말도 말아요, 말도 마! 이름 때문에 내가 겪은 설움을 다 풀어놓으면 대하소설 몇 권은 되고도 남을 거유. 그야말로 구절양장 흥미진진 파란만장이지. 부모님이 지어주신 이름인데 함부로 멋대로 바꿀 수도 없는 노릇이고… 하여간에….

어째, 들어보실라우? 잠깐이면 되니까 들어보셔!

난 가방끈이 짧아서 잘 모르겠는데, 어떤 글에 보니까 "이름은 자기 정체성의 대표적 상징이다"라나 뭐라나 그러데. 이름이 그만큼 중요하단 말이겠지? 기자양반 생각은 어떠슈?

내 이름이 공순이유, 공순이… 강공순! 우리 아버지가 할아버지와 삼박사일 머리를 맞대고 의논해서 지으신 이름이지. 한자로 적으면 아주 번듯하고 멋있어요, 康恭順! 사람들에게 공손하고, 특히 어른들에게 공순하고, 자연에 공손하고 하늘에 공손하라, 그러면 행복하리라, 그런 깊은 뜻을 담은 이름이지. 얼마나 좋아! 그래서 나도 참 좋은 이름이라고 자랑스럽게 생각하며 공손하게 자랐는데….

언제부턴가 어른들이 콩순아 콩순아 강낭콩순아 그렇게 부르시는 거야. 내가 콩꼬투리처럼 작고 단단하게 생긴 것이 귀엽다고 그렇게 부른다나 뭐라나… 어른들이 그러니까 동네 아이들도 따라서 콩수나 콩수나 콩콩콩 강낭콩수나….

그렇게 부르는 게 싫었어. 정말 싫었어, 난 콩보다는 큰 사람이 되고 싶었거든, 정말이야, 콩보다 큰 사람이 돼서 뭔가 큰일을 하고 싶었다구.

조금 더 크니까, 이번에는 진짜 공순이가 등장하데, 공돌이도 등장하고… 청계천에 구로동에 공돌이 공순이… 사실은 그 공돌이 공순이들이 흘린 피땀 덕에 나라가 이만큼 발전한 건데 말이야… 그런 걸 모르고, 그런 건 생각하지도 않고 공순이 공돌이는 그저 깔보며 아무런 말로나 함부로 해도 되는 그런 이름이더군… 되고 싶어서 된 것도 아닌데 말이야….

사실 그 시절에 나도 별 볼일 없는 청춘이긴 했지만,

내 이름이 그런 식으로 마구 쓰이는 건 정말 싫더라구… 공순이로 내 인생을 끝내고 싶지는 않았거든 정말로… 그런데 사방에서 공돌이 공순이 너무 시끄러워….

너무나 억울해서, 아버지에게 이름 좀 바꿔 달라고 막 떼를 썼지. 그래서 어찌 됐냐구? 보나마나 뻔하지 뭐. 야단만 바가지로 들었지 뭐….

"쓸데없는 소리 작작하고, 공부나 열심히 해라, 이놈아!"

사실 이름 바꾸는 게 그렇게 간단한 일이 아니더라구. 높은 사람들, 권력 있고 돈 많은 사람들은 잘도 개명하더구만… 우리 같은 중생에겐 쉬운 일이 아니야….

에잇 더러운 세상, 떠나고 싶었지, 미련 없이 떠나서 다른 세상에서 마음 편하게 살고 싶었어.

그래서 아주 큰마음 먹고 미국으로 날아왔지. 난 정말 목숨 걸고 미국으로 왔다구. 아메리칸 드림, 뭐 그런 대단한 꿈을 가지고 온 건 아니야, 그저 공순이라는 내 이름이 함부로 구박 받는 게 끔찍했을 뿐이라구.

세상에 공손하기가 그렇게 힘든 일이더라구, 쉬운

일이 아니야.

그런데, 막상 와보니… 엄청 막막한데, 힘들고 외롭고 춥고 배고프고….

미국 와서 진짜로 공순이가 되어서 고생깨나 하고, 구박도 많이 받았지. 살아야 하니 어쩔 수가 없었지 뭐.

게다가, 이민사회에서 지겹게 듣는 타령이지만, 여기 붙어서 발 뻗고 살자니 그린카드, 영주권이라는 딱지가 필요하데… 허구헌날 망할 놈의 영주권 타령으로 날밤을 지새는데….

바로 그때, 하늘이 도우셨는지, 간절하면 통한다는 말이 맞아떨어졌는지, 고맙게도 좋은 사람을 만났지. 영주권 때문에 억지로 만난 것이 아니고… 정말로 필연적으로 정말로 좋은 사람을 만나서 사랑을 하게 된거야, 사랑! 왜 노래에도 나오지 "우리 만남은 우연이 아니야—"

그런데… 그런데, 말씀이야, 세상에 좋은 일만 있으란 법은 없는지, 호사다마랄지… 엉뚱한 일이 벌어지네!

미국에선 결혼을 하면 남편 성(姓)을 따르게 되어 있지 않우? 그런데, 하필이면 사랑해서 결혼한 사람의 성씨(姓氏)가 맹(孟)씨야, 맹! 그러니까….

내가 졸지에 꽁순이, 맹꽁순이가 된 거야, 맹꽁순이!

정말 신경질 나데…! 이름 때문에 구박 받는 게 싫어서 미국으로 도망왔는데, 맹꽁순이라니… 난 맹꽁이 아니야, 맹꽁이 아니라구!

이름이 "공순 미앵"이라고 하면, 사람들은 "맹꽁순?"이라고 되물으면서 킥킥 웃어! 어떤 이는 "세상에 이렇게 섹시하게 잘 생긴 맹꽁이는 처음 본다"며 대놓고 웃기도 해, 원 세상에!

난 맹꽁이 아니라구! 맹꽁이 싫어, 정말 싫어!

그렇다구 사랑하는 남편을 갈아치울 생각은 전혀 없고… 알아보니까, 남편 성을 따르지 않고 처녀 때 성을 그냥 쓸 수도 있다는데, 막상 실제로는 그거 상당히 번거롭더라구, 변호사 값도 들고… 쉬운 일이 아니야….

그러니 어쩌겠어? 미국 이름을 만들어 쓰는 수밖에 없지… 그게 제일 손쉬운 방법이더라구. 그래서 영어 이름을 만들기 시작했지.

궁리에 궁리를 거듭해서 지은 이름이 '재키마릴리안느'야. 어때 멋있지? 재키마릴리안느 미앵! 연구 많이 했지. 내가 좋아하는 배우 이름과 남편이 좋아하는 이름을 합친 거야. 그러니까, 재클린 케네디에다 마릴린 몬로에다 나의 청춘 마리안느를 합친 거야, 어때 멋있지?

아, 발음이 중요해요. '명'이 아니구 '미앵'이라구 발음해주세요. 불란서 식으로 미앵, 맹꽁순이 아니고, 재키마릴리안느 미이애앵 ― 재키마릴리안느 미이이애애애애애앵 ―

뭐야, 이름이 너무 길다구? 길긴 뭐가 길어! 차이코프스키 같은 이름에 비하면 짧고 부드럽지….

하긴, 너무 길다고 투덜대는 사람이 상당히 많긴 하지. 요새 사람들은 무조건 짧은 걸 좋아하니까. 큰일이야, 큰일!

사람들이 내 이름도 줄여서 '째마 미앵'이라고 부르데. 째클린의 '째'와 마릴린의 '마'를 합친 거라나 뭐라나? 아유 짜증나, 신경질 나! 째마가 뭐야, 째마가! 얼마나 고생해서 만든 이름인데….

째마미애앵이라니? 무슨 짜장면 같잖아! 아유, 신경질나, 짜증나!

신경질 나서 다시 지어야겠어! 뭐 좋은 이름 없을까?

옛말에 이르기를 '말로써 말 많으니 말을 말까 하노라' 했지만, 말 나온 김에 하는 말인데 말씀이야, 미국 이민 오는 바람에 생고생하는 우리말 이름이 너무 많아! 우리가 신경을 안 써서 그렇지, 미국 오는 바람에 이름 때문에 마음고생 하는 사람 은근히 많다구. 생각지도 못한 날벼락이지. 한글로는 깊고 그윽한 뜻을 가진 번듯한 이름이 영어로 써놓으면 요상한 말로 바뀌는 일이 참 많지, 너무 많어! 기자님 이름은 안 변했수?

예를 들어보라구? 붓글씨 잘 쓰는 명필 한석봉은 '썩퐁 핸'이 되고, 활빈당 두목 홍길동은 '킬똥 홍'으로 변하잖아. 다이충 킴, 영샘 킴, 무히언 로, 쌤썽이나 헌다이는 또 어떤가? 내 이름도 '콩순 캥'이다가 '콩순 미앵'으로 바뀌었지. 내가 원하지 않았는데 제멋대로 변한 거야. 아, 불쌍한 이름! 이름이 무슨 죄가 있나?

성씨는 또 어떤가? 킴 팍 챙 캥 청 콱 쏜 콩 팩 써누 냄쿵….

그러니까, 내가 하고 싶은 말은, 우리 모두 자녀들 이름 지을 때 아주 신경 써서 잘 지어야 한다 이 말씀

장소현

이야. 내가 산 증인이니까 자신 있게 말할 수 있어요. 이름이 좋아야 이름값 제대로 하면서 행복하게 살 수 있다구요.

에라, 말 나온 김에 작명소나 하나 차릴까? ✦

아마도 어쩌면 아마도

신 제비타령

그때에, 자랑스런 대한민국 수도 서울, 그중에서도 노른자위 강남에 연놀부라는 졸부가 살았는데, 판소리 박타령에 나오는 바로 그 놀부의 후손이라.

디엔에이를 어찌 속이랴, 이놈이 조상님 놀부를 똑 닮아 오장육부 옆에 심술보가 더 붙어 있는데다가 한 술 더 떠서 그 곁에 커다란 욕심보가 붙어 있으니, 이를 일러 생물학적 '진화'라 부른다.

아무튼 졸부 중에서도 고약한 졸부로 소문 자자한 연놀부 놈의 욕심보가 어느 날 문득 들먹거리는데 근질근질 간질간질 움찔움찔 견딜 재간이 없구나. 무슨 놈의 욕심이냐?

온갖 몹쓸 짓을 다 한 덕에 돈은 남들이 부러워할 만큼 벌었으니, 이제 그럴듯한 감투 하나만 얻어 쓰면 사나이 대장부 체면 서고, 조상님 앞에 당당할 수 있겠다 싶어 안달이니, 이 또한 대단한 '사회학적 진화' 아니겠느냐.

"돈이 모든 것을 말해준다" 돈의 힘 이리저리 동원하여 기름 치고 뇌물 찔러 넣고 알랑방귀 진상하여, 동네 구위원 자리 하나는 어찌어찌 얻어 찼는데, 요것으로는 도무지 성에 차지를 않는구나. 내가 그래도 천하의 연놀부 아니더냐, 놀부여 야망을 가지라!

하지만 도무지 길이 안 보이니 답답하고 답답하구나. 몰골은 짜리몽땅 찌그러지고, 가방끈은 엄청 짤막하고, 인격은 아예 없고 교양은 엉망진창이요, 인맥은 황무지니 어찌하면 좋겠느냐? 어쩌긴 뭘 어째! 돈이면 다 될 텐데 뭐가 걱정이냐. 돈 들여 얼굴 뜯어 고치고, 돈으로 몸매 대대적 보수공사하고, 돈으로 졸업장 몇 개 사고, 이왕이면 미국 대학 박사학위도 한두 개 구입하고, 돈으로 똑똑한 인공지능 비서 고용하고, 돈으로 의리 있는 친구 몇 명 굴비 두름 엮듯 엮으면 그만이지….

허허, 그렇게 했는데도 여전히 길이 잘 안 보여. 대한민국이 그만큼 성큼 선진국이 되었는지 옛날식 돈질이 맥을 못 쓰니 어쩌면 좋겠는가. 망할 놈의 선진국!

옳거니, 이럴 때는 운명철학의 도움을 받는 것이 제일이라. 뭣도 모르는 것들이 무속이 어쩌니 저쩌니 떠들어대지만, 우리 동양 사람들에게는 역시 주역 사주팔자 운명철학이 안성맞춤 으뜸이라. 수천 년의 역사와 전통이 어찌 귀하지 아니하랴!

연놀부 놈이 그길로 번쩍번쩍 잘 차려입고 단골 점집, 아니 운명철학원으로 쪼르르 달려가, 그 유명한 허공법사를 만나 상담을 한다. 허공법사가 허공을 향해 부르르 몸부림을 몇 번 치더니 당장에 정답을 내놓는다. 엄숙하게 일러 가로되

"온고이지신이요, 법고창신(法古創新)이라! 조상님의 지혜를 따르라!"

"어찌하면 됩니까?"

"제비를 모시라!"

제비를 모시라!? 제에비!!!!! 아이쿠, 내가 왜 그걸 몰랐을까? 조상님의 제비를 내가 왜 생각 못 했을꼬!

이날부터 연놀부 놈이 제비타령을 부르기 시작하는데… 그러고 보니, 제비 본 지 정말 오래로구나. 봄이 와도 찾아오는 제비가 없으니 도무지 봄 같지가 않구나, 춘래불사춘(春來不似春)이로다.

그래도 지성이면 감천이요, 간절하면 이루어지리니,

운명의 제비님을 정성으로 물러 모시지 않을 도리가 도무지 없구나. 간절한 마음으로 제비타령을 불러보는데….

제비님 제비님 우리 제비님

오소서 우리 집으로 냉큼 오소서

제비님 제비님 고운 우리 제비님

빙글빙글 돌지 말고 곧바로 오소서

제비님 제비님 예쁜 우리 제비님

박씨 잔뜩 물고 우리 집으로 오소서

제비님 제비님 고마운 우리 제비님

비나이다 비나이다 두 손 모아 비나이다

제비님 제비님 우리의 소원은 제비님

어찌 제비타령뿐이랴, 제비 모시기에 온갖 정성을 다하는데, 음식은 수제비, 짐승은 쪽제비, 고기맛은 제비추리, 눈 나쁜 안경재비, 접기는 모제비, 하늘 높이 공중제비, 허허벌판 허제비, 노래는 조영남의 제비, 인생은 결국 제비뽑기….

자기 집 표시할 펼침막을 요란하고 크게 만들어 제일 잘 보이는 창문에 매달았는데, 국제 감각 살려 영어로구나, JB 환영! JB 웰캄!

이때에 저 남쪽 제비나라 여왕님이 귀가 근질근질 가려워, 귀 쫑긋 열고 자세히 들어보니 연놀부 놈이 불러대는 제비타령이 장히 요란 시끌벅적 하구나. 뚝배기 깨지는 타령이 한도 없이 끝도 없이 이어지니 도무지 잠을 잘 수가 없구나.

에이, 시끄러워라! 이놈이 또 무슨 꿍꿍이 수작으로 이리 요란한고?

정찰 제비를 불러, 여차여차 하니 네가 냉큼 가서 무슨 사연인지 알아보고 오너라 분부 내리시니, 정예 정찰 제비가 명령 받잡고 초음속으로 포로롱 날아온다. 날아와 자세히 살펴보니 형편이 도무지 무인지경이라.

아무리 둘러봐도, 온통 차가운 아파트 숲이요, 딱딱한 시멘트 콘크리트 유리창 뿐이니… 둥지를 틀 만한 데가 없구나. 아늑한 처마밑이 있어야 포근한 둥지를 틀고 살림을 차릴 텐데… 어디 그뿐인가, 땅에 흙이라곤 안 보이고 아스팔트 시멘트 범벅이니 잡아먹을 벌레 하나 찾기 어렵구나, 어쩌다 텃밭이 있어도 제초제 뿌리고 농약 치고 화학약품 범벅이니 벌레 없기는 마찬가지라… 이래서야 제비가 살 수 없지!

정찰 제비는 즉시 여왕님께 간단명료한 보고서를 보

장소현

낸다.

"생존환경 부적합!

제비 보내지 말 것!"

이리하여, 기다리고 기다리는 제비가 안 오게 되었으니, 애틋한 기다림에 지친 놀부 놈의 안달이 극성에 달해 가히 지랄 수준이 되었구나. 악에 바쳐 목이 터져라 제비타령을 불러대고, 무당 불러 제비 부름굿 요란하게 펼치고, 고성능 확성기에 대고 조영남의 제비 노래를 하루 종일 틀어대고, 제비 안 오면 당장에라도 죽을 것처럼 난장이니, 그런 야단법석이 다시없구나.

어찌나 시끄러운지 귀찮기도 하고, 한편으로는 놀부 놈 정성이 기특하고 가련하기도 하여, 제비 나라 여왕님께서 특별조치를 명하신다.

"꿩 대신 닭이라. 다른 제비를 보내도록 하라!"

그로부터 몇 날 뒤, 놀부 마누라가 오랜만에 봄바람도 쐬고 눈요기도 할 겸 그 유명한 강남 명품점 나들이에 나서, 세계 최고급 명품 숲을 누비는데 아그작아그작작 장히 요란하다. 낭창낭창 가녀린 몸매를 굽신굽신 굽혀대는 점원들의 인사를 받으며 건들건들 지나는데….

감히 앞을 막아서는 사람이 있었으니… 물 찬 제비 뺨치게 날씬 야리야리 방금 티비에서 튀어나온 것 같은 멋쟁이 청년이라. 목소리 또한 달콤 쌉슬 그윽하다.

"아, 싸모님, 미인이십니다. 개성미가 철철 넘치셔."

놀부 마누라 깜짝 놀라, 일부러 무뚝뚝하게 한마디 한다.

"뉘셔?"

말은 그렇게 퉁명하게 던지면서도 미인이라는 칭찬에 너무 좋아서 자기도 모르게 볼따구가 발그레해지고 가슴이 벌렁벌렁 목소리가 떨린다.

"아 저는 강남 제비라고 합니다. 강남 싸모님들의 로망이지요. 아, 싸모님 정말 보기 드물게 매력적이십니다."

"제비? 근데, 무슨 일이셔?"

"아, 연놀부님을 잘 모시고 소원 이루도록 도와드리라는 특별 명령을 받고 왔습지요. 한 벼슬 하고 싶다는 소박한 소원 이루시도록 제가 도와드리지요. 아 그보다 싸모님 정말 개성미가 철철 넘치십니다."

그제사 긴장을 풀고 찬찬히 살펴보니, 엄마 놀래라! 장동건에다 정우성을 합친 데다가 마동석의 박력을 더하고, 송강호의 카리스마를 섞어놓은 용모에 이정재처럼 눈웃음 살살 치면서 솜사탕 같은 은근한 목소리로 싸모님 싸모님 하니, 어찌나 좋은지 오금이 살살 녹고 뼈마디가 흐물흐물 정신은 몽롱하니 도무지 중심을 잡을 수가 없구나.

황홀에 취해 잠깐 비틀하니, 제비놈이 잽싸게 부축하며 한 마디 하는구나.

"아 싸모님, 정말 참을 수 없는 매력이시네요. 저하고 한 바퀴 땡겨 보실까요? 쿵자라착착 삐약삐약 도롯또 왈츠 지루박 탱고 맘보 차차차… 아니, 바짝 붙이고 부비부비 블루스가 좋겠네요."

놀부 마누라 저도 모르게 신음을 질질 흘리는구나. 아이구 엄마, 서 있기가 힘드네, 사람 살려!

마누라 말을 들은 연놀부놈 열불이 나서 속은 부글부글 끓지만, 제비는 제비인데다가, 감투 꿈 도우라고 특별히 보내주신 제비라는데 함부로 대할 수는 없는 노릇이라. 그야말로 빼도 박도 못하는 진퇴양난이라.

그렇게 하여, 공식적으로 놀부 마누라와 강남 제비놈의 밀고 당기며 돌아가기가 본격화되었는데, 남편이 허락한 일이요, 남편의 출세를 돕는 일이니 무슨 일인들 마다하랴. 둘이 밤낮없이 끌어안고 부비부비 빙글빙글 도롯또 왈츠 지루박 탱고 맘보 차차차….

놀부 마누라는 하루 종일 황홀하여 오금이 녹작지근, 뼈마디가 흐느적흐느적, 정신은 둥둥 하늘을 떠다니는데, 자기 모르는 새에 중얼대는구나, 아이구 이런 좋은 걸 왜 진작에 몰랐을까 후회막급이요, 연놀부 놈 때문에 허송한 세월이 아깝기 그지없도다.

슬로슬로 쿠익퀴이익으로는 어쩐지 모자랐는 모양인지, 어느 날부터는 쇠막대기 꾸러미를 챙겨들고 풀밭을 찾아 누비는데 전국 방방곡곡 안 가본 곳이 없더라. 쇠막대기 휘둘러 구멍에 공 넣기가 신분 수직상승의 필수과정이라니 말릴 수도 없구나.

이런 꼴을 그저 하염없이 바라만 봐야 하는 연놀부 놈은 속이 화산처럼 부글부글 언제 터질지 아슬아슬한데, 마누라 단속하랴 감투타령 하랴 발등의 불이 두 개나 떨어졌으니… 엄마 뜨거워라! 제비타령 한 번 잘못 불렀다가 생난리로구나. 그렇다고 소방서 부를 수도 없고, 이제 와서 제비 놈을 몰아낼 수도 없고… 용한 무당 불러다가 제비 몰아내기 굿이라도 걸지게 해야 할 판인가?

놀부놈이 분기탱천하여, 제비놈을 불러 앉혀놓고 엄숙하게 따져 묻는다.

네 이 놈, 네 죄를 네가 알렸다. 네 놈의 계획이 무엇이고 작전이 무엇이냐? 조목조목 상세히 일러라!

제비놈이 기다렸다는 듯 말보따리를 풀어놓는데, 이놈이 어찌나 말을 잘하는지 기름독에 빠졌는지 미끄덩 매끈매끈 빤질빤질, 막걸리깨나 마셨는지 막힘없이 술술 조목조목 구구절절 청산유수로 옳은 말만 쏟아내니, 홀라당 넘어가지 않을 재간이 없구나. 제비놈 말잔치 들어보자.

믿으라, 믿는 자에게 복이 있나니, 제비를 믿으시라.

그대 진심으로 출세와 성공, 신분 수직상승을 간절히 원한다면, 고리타분한 고정관념 떨쳐버리고 현실을 직시하시라.

오늘은 여성시대다. 지금은 압도적으로 여자들이 지배하는 세상이다. 그러므로 출세의 지름길은 여성을 집중 공략하여, 뜨거운 공감과 지지를 얻는 것이다. 높으신 분들의 싸모님께 접근하여 인정을 받아야 한다, 이런 말씀!

그렇다면, 구체적인 전략은 무엇이냐? 역시 심신의 정서적 감상적 정신적 급소를, 타이밍 맞춰 정확하게 급소를 찌르는 것이 최고다. 구체적으로 예를 들어 말한다면, 우선 상쾌한 풀밭을 사뿐사뿐 누비며 공 때리기를 한다. 공 때릴 때는 미운 놈 패듯 통쾌하게 휘두른다. 그다음 찜질방에서 시원하게 땀 빼고, 맛난 음식으로 허기 채우고, 그윽한 나폴레옹 꼬냑으로 가볍게 반주 한 잔 하고나서… 슬로슬로 쿠익퀴이익 싸모님 한 판 땡기실까요, 부비부비 빙글빙글 도롯또 왈츠 지루박 탱고 맘보 차차차….

이렇게 강약강약 중강약으로 집중 공략하고, 철마다 명품 선물로 쐐기를 팍 박으면… 드디어 큰 싸모님 작은 싸모님이 형님 아우님으로 마음을 열고 호형호제로 관계를 트면… 상황 끝! 작전 완료!

어떠셔? 이야말로 백전백승 완벽한 작전 아닙니까?

지금은 여성시대라는 사실을 잊지 마시기를! 여성 없이는 아무 것도 안 된다는 엄숙한 진실을 기억하시기를!

아, 그러면, 높으신 싸모님과의 만남을 어떻게 성사시키느냐? 아, 탁월한 질문이요, 훌륭한 의문이십니다.

하지만 대답은 아주 간단합니다. 우선 싸모님 댁 운전수 아저씨, 가사 도우미 아줌마들… 이런 사람들을

장소현

우리 편으로 만든 뒤… 차근차근 우연을 가장한 필연적 기회를 만들어 하나하나… 무슨 말인지 알아들으시겠죠? 워낙 잔머리가 좋으시니까… 금방 알아들으시겠지 뭐!

아, 그리고, 이건 특급비밀입니다만….

제비 나라에서 특별 파견된 특공대 제비가 높으신 싸모님 집 처마밑에 둥지를 틀고 들어앉아 싸모님의 일거수일투족을 실시간으로 기록하고 보고하는 특수정보망을 가동하여… 무슨 말인지 알아들으시겠지요?

다시 한 번 강조합니다. 지금은 여성시대, 여성의 마음을 사로잡는 것이 최상의 지름길이요, 여성의 마음을 녹이는 고도의 기술은 제비를 따를 자가 없다는 사실을 거듭 강조하는 바이올시다.

믿으라, 믿는 자에게 복이 있나니 제비를 믿으라!

어떠십니까? 무슨 말인지 알아들으시겠지요? 바보 멍청이가 아니라면 충분히 알아듣고도 남았으리라 믿어 의심치 않는 바이올시다.

그러니까 보채지 좀 마셔, 형님! 급할수록 돌아가라는 속담도 있잖우?

놀부 놈이 들으니 구구절절 그럴듯한 말이고, 아니라고 했다가는 곧바로 바보 멍청이 될 판이니 아니라고 말할 수도 없으니 우물쭈물… 하지만 속은 바글바글 타면서 아프고 쓰리기 그지없어 군시렁군시렁….

연놀부 놈이 군시렁대건 말건 놀부 마누라 춤바람은 세월 가는 줄 모르고, 가을날 박통 익어가듯 뻬록뻬록 깊어만 가니 도무지 말릴 재간이 없구나. 부비부비 빙글빙글 도롯또 왈츠 지루박 탱고 맘보 차차차….

아이구, 이거야 원, 판소리에 나오는 조상님 때와는 생판 다르게 돌아가니 미칠 판이로구나!

조상님?! 옳거니, 그렇구나! 조상님처럼 저 제비놈 다리몽댕이를 댕강 분질러야 일이 제대로 시작되겠구나. 다리몽댕이를 댕강 분질러놓으면 춤바람도 못 낼 것이고, 내가 고쳐주는 척 인심을 쓰면 감동하여 감투 자리 얻어내는데 솔선수범 앞장서겠지….

이리하여 연놀부 놈이 호시탐탐 두 눈에 쌍심지를 켜고, 제비 다리 분지를 궁리에 몰두하는데, 어찌나 열심인지, 공부를 그렇게 열심히 했으면 사법고시에 아홉 번은 붙고도 남았고, 잘하면 노벨상도 넘볼 지경이라.

아무튼 조만간에 불쌍한 제비놈 다리가 댕강 부러질 판인데… 놀부 마누라가 바로 알아채리고 냉큼 나서서 반대를 외친다. 반대도 보통 반대가 아니라, 결사 항쟁 전력투구 임전무퇴 막무가내로 막아서서 제비 다리 분지를려면 먼저 나를 죽이고 분질러라, 이 짐승 보다도 못한 잔인무도한 놈아! 이렇게 악을 악을 써대 니, 이것 참 난리로구나.

그도 그럴 것이, 제비놈 다리몽댕이 부러지면 슬로 슬로 쿠익퀴익도 안 되고 풀밭 누비며 쇠막대기 휘두 르기도 안 될 테니, 무슨 재미로 살 것이냐? 안 된다, 절대 안 된다, 하늘이 무너져도 안 된다! 필사적으로 막을 수밖에!

그나마 노골적으로 제비를 두둔하면 불륜 조장이란 소리를 들을 여지가 있으니, 동물 학대 반대를 내세우 고 싸우는데, 일단 동물 보호단체에 고발을 해놓고, 구호를 외쳐대는데

야만적 동물 학대 반대한다! 반대한다!

다리 절단 웬 말이냐 멈추어라! 멈추어라!

아무튼 둘 사이의 전쟁은 살벌하기 그지없어, 아슬 아슬 위태위태 세계대전으로 번질 판이로다.

제비 나라 여왕께서 보시니 엄한 가정 하나 박살나 기 일보직전이라, 긴급 명령을 내리시는데, 아주 간단

명료하다.

"제비 즉시 철수!"

이리하여 제비놈은 담배 연기처럼 사라지고… 부부 사이에는 여전히 갈등과 미움과 분노와 증오가 지뢰처럼 사방에 아슬아슬 깔려 있는데, 뾰죽한 해결책은 오리무중 아리송하니….

하지만 어쩌랴, 명색이 부부인데 언제까지나 으르렁으르렁 부딪치며 살 수는 없는 노릇이니, 원없이 대판 싸워 온 집안의 가구 다 깨부수고 살림 몽땅 박살내 쑥대밭을 만든 뒤에, 마지못해 못 이기는 척 휴전협정을 맺는구나.

여기서 중요한 것은, 어디까지나 휴전이지 종전은 아니라는 점! 언제건 전쟁이 다시 터질 가능성은 충분히 남아 있다는 엄연한 사실!

세상이 이러하니 세계 평화가 어찌 오겠고, 남북통일은 언제나 되겠느냐, 답답하고 답답하다. 짓나니 한숨이요, 흘리나니 눈물이라….

그런 요상하고 가슴 아픈 이야기가 태평양 파도 넘어 날 같은 허름한 재미 글쟁이 귀에까지 들려오더라는 이야기. ✈

인명은 재천이라

"강 장로님이 돌아가셨대요."

"뭐라고? 강 장로가? 그럴 리가! 에이, 농담이겠지."

"죽음을 농담으로 하는 사람이 어디 있어요!"

"아니, 그게 아니구… 너무 믿을 수가 없으니까 그렇지!"

정말로 믿을 수가 없었다. 강 장로가 죽다니! 120세까지도 건강하게 잘 살 분이었는데… 코로나 때문인가?

강 장로로 말하자면, 건강 지키기에 있어서만은 단연 으뜸가는 인물이었다. 타의 추종을 불허하는 정도였다.

몸에 좋은 것만 골라서 먹고, 운동 열심히 하고, 의

사의 지시를 하나님 말씀처럼 잘 지키고, 정기 건강검진도 단 하루도 넘기지 않고 꼬박꼬박 받고… 모든 건강 수칙을 헌법 지키듯 철저하게 지켰다.

어찌나 지극정성인지 주위 사람들이 모두 백세 넘는 건 물론이고 120세까지도 너끈히 잘 사시겠다고 감탄하곤 했다.

원체 귀가 얇은데다가, 굉장히 열심이어서 아는 것도 엄청나게 많았고, 혼자만 알고 지키는 것이 아니라 주위 사람들에게도 부지런히 권했다. 그래서 얻은 별명이 '건강전도사'였다.

"하나님께서 주신 귀한 생명을 소중하게 지키는 것은 인간의 기본적 도리다. 무작정 오래 살자는 욕심을 부리는 것이 아니다. 살아있는 동안 최선의 건강을 유지하자는 것이다"라는 말에 반대하는 사람은 아무도 없었다. 최대한 건강하게 살다가 깨끗하게 죽는 것이 누구나의 바람이었다.

다만 너무 심한 것 아니냐, 뭐 그렇게까지 지독하게 할 필요가 있느냐는 말들은 많았다. 가령 술, 담배를 사탄으로 여기는 것은 기본이고, 먹을거리를 가지고 이것은 어째서 몸에 나쁘고, 저것은 저째서 먹지 말아야 하고… 그런 식으로 철두철미 요란을 떨다보니…

마음 편하게 먹을 것이 없을 지경이었다.

실제로 강 장로는 쌀도 농약 전혀 안 쓰고 자연재배한 무공해 쌀만을 농장에 직접 주문해서 신선할 때 먹고, 뒷마당에서 손수 직접 몸소 기른 청정 푸성귀가 아니면 아예 입에 대지를 않았다. 그러니 외식은 엄두도 못 내고, 남의 집 식사 초대도 정중하게 사양하거나 자기 먹을 것을 싸 가지고 갔다. 반드시 정해진 시간에 먹고 마시고 싸고, 과식은 절대 금물이었다.

몸에 좋다는 각종 비타민과 영양제를 아침저녁으로 한 주먹씩 복용하는 것은 물론, 어떤 때는 아주 어렵게 구했다며 몬도가네 같은 이상야릇 기묘한 물체를 꾸역꾸역 먹기도 했다. 몸에 좋다면 무엇이건 가리지 않았다.

아무튼 하늘이 감동할 정도로 대단한 정성이었다. 그런 덕인지, 조사할 때마다 건강 나이가 실제 나이보다 24년 3개월이나 젊은 것으로 나오는 바람에 주치의도 깜짝 놀라곤 했다. 이런 식이라면 120세까지도 문제없을 것 같다고 감탄하곤 했다.

너무 지나친 것 아니냐고 비아냥거리던 사람들도 강 장로의 말을 듣고는 금방 고개를 끄덕이며 수긍했다. 젊은 시절 겁 없이 방탕하게 살다가 큰 병에 걸려, 죽다가 겨우 살아나는 고비를 겪은 뒤로 자기도 모르게 '건강전도사' 가 되었다는 것이다.

그처럼 막강한 건강을 자랑하던 강 장로가 죽었다니 믿기 어려운 건 지극히 당연한 일이었다. 묘한 배신감을 느끼게 하는 일이기도 했다. 오래 전 한국에서 건강박사로 유명세를 떨치며 온갖 방송과 강연회에서 건강하게 사는 법을 전파하던 황 아무개 박사가 덜컥 죽었을 때 느꼈던 그런 배신감이었다.

"왜 돌아가셨는데? 그렇게 건강하던 분이?"

"교통사고! 음주운전 차와 충돌하는 바람에 그만…."

"저런!"

무슨 말을 더 하랴. 인명재천(人命在天)이라는 말밖에 무슨 말을 더하랴? 그나마 마지막 순간까지 최상의 건강을 유지했으니 행복했다고 말할 수 있을까? ✷

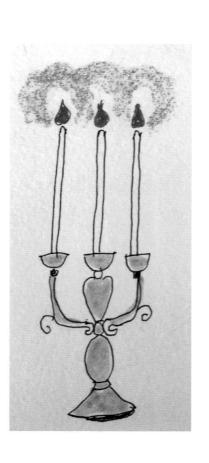

이매진Imagine

아마도 어쩌면 아마도

노인과 열쇠찾기

성 크리스토퍼의 손길

캄캄한 골목길

곽
설
리

본명 박명혜. 서울 출생. 『시문학』 시, 『문학나무』 소설 당선. 시집 『물들여
가기』 『갈릴레오호를 타다』 『꿈』, 시 모음집 『시화』 외 다수. 소설집 『오도
사』 『움직이는 풍경』 『여기 있어』, 연작소설 『칼멘 & 레다 이야기』, 글벗동
인 소설집 『다섯 나무 숲』 『사람 사는 세상』 등 출간. 재미시인협회, 미주한
국소설가협회 회장 역임. shirkwak@yahoo.com

이매진Imagine

눈을 뜨자 새벽하늘이 스르르 하루의 창문을 열고
있다. 새벽은 아직 어스름했고 쥐죽은 듯 고요했다.
아직 아침 새들이 찾아와 수다를 떨기 전, 하얀 백지
같은 공백의 시간이었다.

공백의 시간 뒤엔 적막이 검은 벨벳 휘장처럼 깔려
있다. 아직 도시가 잠이 깨지 않은 시간, 도시의 소음
에 오염되지 않은 맑은 공기같이 순수한 우주의 정기
가 느껴지는 깨끗한 시간이었다.

나는 버릇처럼 책상 앞에 앉아 검정 빛 컴퓨터를 열
고 메일을 체크했다. 작은 전자 음향과 함께 메일 하
나가 떴다.

'티어스, 티어스, 티어스(눈물, 눈물, 눈물)'이란 제목
이 눈에 들어왔다.

근교의 도시에 사는 친구가 보낸 전자 메일이었다. 나는 재빨리 메일을 열었다. 재주꾼들을 양산해 낸다는 '브리티쉬 갓 탤렌트'와 같은 프로그램이었다. 말끔하고 개성 있는 차림새. 거기에 세련미와 지성미와 능숙한 말재주까지 더한 유명인들로 구성된 네 명의 심사위원들이 무대 앞 테이블에서 기다리고 있었다.

궁금증을 참지 못한 카메라가 부지런히 무대의 뒤쪽으로 줌을 좁혀가고 있었다. 그때였다. 한 청년의 귀염성 있는 얼굴이 화면 위로 클로즈업되었다.

프로그램의 사회자가 그 청년에게 질문을 던졌다.

"이 무대에 도전하고 싶었던 이유는 무엇인가요?"

한꺼번에 스포트라이트를 받은 청년이 부신 눈을 가늘게 뜨고 대답했다.

"저는 무엇보다 음악을 사랑하니까요. 노래를 부르는 건 제 유일한 취미이기도 하구요."

카메라는 담담하게 대답하는 청년의 고요한 표정을 놓치지 않고 담아냈다.

"오늘 부르실 곡은 뭐죠?"

"음, 그건… 제가 가장 좋아하는 존 레논의 곡이지요."

"부디 좋은 결과가 있기를 빕니다."

프로그램 관계자가 말했다.

"네, 저도 그래요. 감사합니다."

카메라가 무대 위로 걸어가는 청년의 뒷모습을 부지런히 따라갔다. 그때였다.

'아니?'

청년은 걸음을 한 걸음씩 옮길 때마다 몹시 힘들어했다. 나는 깜짝 놀랐다. 청년이 걸을 때 몸이 한쪽으로 기우뚱 중심을 잃으며 휘청거렸다. 나는 곧 그 이유를 알 수 있었다. 청년에게는 누구에게나 응당 양어깨에 달려 있어야 할 팔이 없었던 것이다. 아니, 한쪽에만 있었다. 그러나 그 한쪽 손도 녹아서 구부러져 있다. 그 청년에게 제대로 성하게 남아 있는 모습이란 단지, 온화한 미소가 잠시도 사라지지 않는 귀티 나는 얼굴뿐이었다.

이윽고, 청년이 무대 한가운데 마이크 앞에 섰다. 청년의 몸은 그저 가만히 서 있기에도 버거운 듯 무거워 보였다. 이윽고 심사위원들이 청년과 인터뷰를 시작했다.

"당신의 이름은?"

"저는 임마누엘 켈리입니다."

세상에, 임마누엘이라니… 거룩한 이름이었다.

"나이는?"

"음, 전… 제 나이를… 잘 몰라요."

순간 심사위원들이 모두 긴장하는 것 같았다.

"하하! 그냥 추측해 볼 수는 있지만 말이지요."

청년이 미소와 함께 침착하게 설명을 곁들였다.

"그건, 말이죠? 제가, 아니, 저와 제 동생이 원래부터 이라크 전쟁터에 버려져 있던 고아였기 때문이지요. 우리는 언제부터 거기에 버려졌는지 기억을 못하고 있으니까요. 아! 저기 제 가족이 있어요!"

청년이 자신의 가족이 있는 곳으로 얼굴을 돌렸다. 순간 카메라는 청중석의 청년의 가족들에게 포커스를 맞추었다.

청년이 가족이라고 부른 가족석에는 백인 중년 여인과 금발의 젊은 백인 여인과 청년의 모습을 많이 닮았고 역시 양팔을 잃은 왜소한 청년의 동생과 그들의 사촌이란 이들이 모여 앉아 있다. 그들은 모두 무대 위의 임마누엘을 바라보며 밝게 웃고 있었다.

그들 사이에는 시종일관 아름다운 교감이 맴돌고 있었다.

"사실, 저와 제 동생은 너무나 어려서 모든 상황을

곽설리

알 수가 없었지요. 우리가 왜 거기에 있었는지? 우리의 부모님들은 누구인지조차도 모릅니다. 아마도 우리만 전쟁터에 남아 있었던 이유는 이라크 전쟁 중에 폭탄이 터졌고 그때 저희들과 함께 계시던 부모님들이 모두 한꺼번에 돌아가셨기 때문인지도 모르지요."

장내는 충격으로 조용해 졌다. 기침소리 하나 들려오지 않았다.

"양어머님이 저희를 미국으로 데려와 길러 주실 때까지는 말이지요. 그때까지 우린 그렇게 둘만 전쟁터에 버려져 있었다고 하더군요."

나는 나도 모르게 분노하고 있었다. 불구의 모습을 하고 있는 전쟁의 신(神)의 실체를 본 것 같았다.

인류 역사상 전쟁은 언제나 있었고, 언제나 참혹했다. 생각해보면 나의 어린 시절은 전쟁의 후유증으로 그늘졌고, 늘 배가 고팠다. 피난 간 도시에는 전쟁으로 부모를 잃은 어린아이들, 싸움터에서 다친 상이군인들이 많았다. 그리고 나의 조국은 아직도 전쟁의 그늘을 완전히 벗어나지 못했다.

장내는 단연 숙연해졌다. 잠시 후 밀물처럼 밀려오는 충격을 수습한 심사위원이 청년에게 물었다.

아마도 어쩌면 아마도

"그럼 오늘은 어떤 곡을 부를 예정이지요?"

"존 레논의 '이매진'이에요."

난 깜짝 놀랐다. 그 곡은 '하필이면' 내가 평소에 너무나 좋아하는 곡이었다.

언젠가 일본의 작가 무라카미 하루키도 이야기 한 적이 있었다. 음악이 전쟁을 중단시키기는 어렵지만 음악을 듣는 이들에게 전쟁을 멈추게 해야 한다는 생각을 불러일으킬 수는 있다고. 나 역시 무라카미 하루키처럼 '이매진'이야말로 전쟁을 멈추게 할 수 있는 파워를 지닌 반전음악으로 꼽고 있었다.

이윽고 반주가 나오고 반주와 함께 청년의 노래가 시작됐다.

상상해보세요, 천국이 없다고

한번 해보면 쉬울 거예요

우리 발 아래 지옥도 없고

제 위에는 오직 하늘뿐이에요

상상해보세요, 모든 사람들이

오늘을 위해 살아간다면, 아하―아

상상해보세요, 국가 따위는 없는 세상을

어려운 일이 아니예요

살인도 없고, 희생도 없고

종교조차 없는 그런 곳이요

상상해보세요, 모든 사람들이

평화 안에서 살아간다면—

나를 꿈꾸러기라고 말할 수도 있겠지요.

하지만 나는 혼자가 아니랍니다.

당신도 언젠가 우리와 함께하길 바래요.

그러면 세상은 하나가 될 거예요.

청년은 자신감 있게 안정된 음정으로 노래를 불렀다. 그저 단순히 잘 부르는 노래가 아니었다. 청년의 노래는 심사위원들뿐만이 아니라 모든 이들이 매료될 만큼 대단한 매력과 카리스마를 지니고 있었다. 어느새 나의 양볼에서 눈물이 흘러내렸다. 심사위원들도 청중들도 모두 울고 있었다.

이라크 전쟁은 이라크와 미국의 전쟁이었다.

이라크전은 한국군도 참전했던 심각한 전쟁이었다.

그러나 보아라! 이 전쟁의 진정한 피해자가 누구인

지!

아무리 적진에 있었다 해도 이 어린 생명들에게 무슨 죄가 있단 말인가? 이제 이라크의 독재자였던 사담 후세인 대통령도 죽었고, 알카에다 두목 빈 라덴도 죽었다.

전쟁터에서 천진난만하게 놀던 죄 없는 두 아이들. 아이들은 겨우 목숨을 구했지만 사랑하는 부모도 잃었고, 두 팔도 잃었고, 거기에다 온몸에 파편 세례를 받아 만신창이가 된 채 죽음보다 못한 삶을 이어가고 있지 않은가?

청년의 말대로 미국의 양엄마가 청년을 구해 주지 않았더라면 청년과 그 동생은 그나마 이 세상 사람이 아니었을지도 모른다.

청년은 말했다. 지금은 자신과 동생이 살아있기에 서로를 볼 수 있어서 행복하다고… 그리고 양엄마와 더 많은 형제들이 지금 자신들과 함께 있기에 더없이 행복하다고….

나는 멍하니 무대 위에 서 있는 천사의 모습을 바라보며 생각에 잠겼다. 오직 이라크 인이었기 때문에 폭탄 세례를 받았고 전쟁터에 있었기 때문에 두 팔을 잃어야 했었던 천사를.

나는 이매진이란 노래의 가사에 대해 생각해 보았다. 과연 이 노래의 가사처럼 국가가 없었다면 종교도 이념도 없다면 죽고 죽일 일도 없었을까?

무엇인가? 행복이란 가족들이 한자리에 모여 서로 의지하고, 사랑을 나누며 오순도순 살아가는 것이다. 그런데 이 청년에게서 가장 기본적인 권리와 모든 것을 앗아가버린 전쟁이란, 아니, 전쟁의 신이란 어떤 형상을 하고 있는 괴물인가 말이다?

폭탄을 포함한 모든 무기들은 다른 생명을 죽이기 위한 목적 이외에는 아무것도 아니다. 그러나 역사는 아직껏 이렇게 엉성하고도 엉망진창의 전쟁이란 비극을 되풀이하고 있다.

이 기막힌 모순은 또 무슨 뜻일까?

피를 보도록, 아니 서로가 흘린 피를 짜내어 한 컵 가득 따라 마셔야만 하는 이 증오심은 어디에서 비롯되는 것인가?

전쟁이 없는 세계는 없을까?

전쟁을 없앨 수는 없을까?

인간들의 마음속에서 미친 용암처럼 들끓고 있는 그

증오심을 없앨 수는 없을까?

모든 이들이 평화를 누리며 살 수 있는 날은 과연 언제일까?

이메진은 존 레논이 인류의 평화를 기원하며 작곡한 곡이건만 아직도 이 지구상에서는 전쟁이 끊이지 않고 있다. 그러나 아무리 강력하고 잔인한 폭탄도 결국 음악을 깨부수지 못하리라. 전쟁이 남긴 상처를 끝끝내 어루만지는 것은 결국 사랑이 담긴 음악이라고.

상상해보세요, 소유한 것 없는 삶을
잘 그려질 수 있을지 모르겠지만
탐욕도 없고 굶주림도 없고
오직 인류애로 가득한 사람들의 세상
상상해보세요, 모든 사람들이
온 세상을 함께 나누며 살아간다면—

나를 꿈꾸러기라고 말할 수도 있겠지요
하지만 나는 혼자가 아니랍니다
당신도 언젠가 우리와 함께하길 바라요
그러면 세상은 하나가 될 거예요
— 존 레논의 「이매진」

이런 저런 생각에 잠겨 있는 동안 청년의 노래가 끝났다.

청중들은 모두 일어나 임마누엘 켈리 청년에게 뜨거운 박수를 보냈다.

나도 벌떡 일어나 박수를 쳤다. 임마누엘에게 거룩한 박수를 보냈다. 청중들과 나의 박수가 하얀 비둘기가 되어 하늘을 날았다. ✈

아마도 어쩌면 아마도

오후 4시, (101) 프리웨이로 진입하기 위해 벌몬 길을 달리던 남편의 혼다 파일럿 에스유비가 덜컥 멈춰 서고 말았을 때, 미진은 올 것이 오고야 말았다는 생각뿐이었다.

최근 들어 제멋대로 엔진이 꺼지는 일이 자주 발생했었다.

— 도대체 이 차가 왜 이렇게 말썽을 부리는 거죠?

— 차를 바꿀 때가 된 모양이지, 뭐.

그러나 그때는 배터리를 충전하면 곧 시동이 걸렸었기에 다른 차량을 방해하는 일 같은 건 일어나지 않았었다. 그래도 미진은 그때 일찍 차를 수리했어야 했다고 뒤늦게 후회를 했다.

남편은 무척 난감한 표정이었다. 평소에도 남에게 폐를 끼치는 일을 가장 싫어해 왔으니 이런 상황이 가

혹하게 느껴졌을 게 분명했다.

천문대가 있는 신록의 그리피스 산과 닿아 있는 벌 몬 길은 엘에이의 길 중에서 가장 붐비는 길이었다. 어느 시간대에 가보아도 사방에서 모여드는 많은 차 량들로 북새통을 이루었다. 더구나 지금은 퇴근을 서 두르는 이들이 몰려들고 있는 시간대였다.

멈춰버린 우리 차 옆을 지나는 이들의 시선이 냉랭 하게 느껴졌고 다급한 클랙슨 소리가 조롱하는 듯 사 방에서 울렸다. 팬데믹이 애먼 중국과 관련되었다고 주장했던 전 대통령 때문인지, 코로나 팬데믹 사태는 엉뚱하게도 인종차별을 부추기고 있는 추세였다. 아 시안을 보는 눈이 곱지 않았다.

멈춰선 우리 차 뒤로 차들이 용트림하듯 길게 늘어 서고 있었다.

겨우 찾아낸 번호로 견인차를 부른 후에야 미진은 행인들이 지나는 번잡한 벌몬 길을 돌아 볼 수 있었 다. 마스크를 쓴 탓인지 벌몬 길을 지나는 행인들이 오늘 따라 몹시 낯설어보였다. 서머타임 덕에 늘어난 일조량 때문인지 눈이 부셨다. 차들이 쉴 새 없이 지나며 매연을 뿜어냈다. 바람이 불 때마다 매연과 먼지로 공기가 점점 더 탁해졌다. 다닥다닥 붙은 벌몬 길 위의 상점 주위를 술이나 약에 취한 홈리스들이 비틀거리며 지났다.

"타말래! 타말래!"

튀긴 과자나 색색의 열대 과일들을 파는 행상들 속에는 타말래를 파는 할머니도 앉아 있었고, 할머니 앞에 멈춰 서서 타말래를 사가는 행인들의 모습도 보였다.

견인차는 두 시간이나 지나서야 벌몬 길로 입성했다.

커다란 검은 스카프로 얼굴을 가린 건장한 라틴계 남자가 낡은 트럭에서 뛰어내렸다. 코로나가 확산되기 이전에 남자가 그런 차림새로 다가왔다면 사람들은 아마도 혼비백산 했을 것이다. 그러나 지금은 코비드가 확산되는 시점이었다. 그렇더라도 막상 길 한복판에서 검은 스카프의 낯선 남자와 마주치자 스스로도 모르게 긴장했다. 남자는 차가 막히는 시간대여서 시간이 더 오래 걸렸다고 변명을 했다.

곽설리

미진 부부는 너무나 지친 나머지 아무런 항의도 못한 채 그가 지시하는 대로 견인차에 순순히 올라탔다. 견인차가 속력을 내기 시작했다.

─ 무슨 놈의 견인 트럭이 이렇게 낡았지? 도대체 왜 이렇게 덜컹거리는 거야?

남편이 투덜거리는 소리가 들렸지만 미진은 개의치 않았다.

─ 휴우~ 아무튼, 이제라도 견인차가 와주었으니 얼마나 다행이에요? 더 이상 길 위에서 기다리지 않아도 되니….

미진은 먼지 풀풀 나는 길에서 차를 기다리지 않게 된 것만도 고마웠다. 그나마 이 견인차가 와주지 않았다면 또 다른 회사를 불러야 했을 것이 아닌가? 이런 바쁜 시간대에 견인차가 올 때까지 먼지 이는 어둠 속에 서서 기다려야 할 일은 생각만 해도 끔찍했다.

이윽고 견인차는 잔뜩 붐비는 프리웨이로 들어섰다.

─ 트리플 키사스!

견인차를 몰던 남자가 키사스란 라틴 노래의 신호음이 흘러나오는 핸드폰의 스피커를 열고 힘차게 외쳤다. 전화를 끊은 후에도 남자는 노래를 흥얼거렸다.

미진은 키사스(Quizas)란 노래를 알고 있었다. 인터넷 검색을 해보니, 키사스라는 말은 '아마도' '어쩌면'이란 뜻이고, 이 노래는 쿠바 출신인 오스발도 파레스(Osvaldo Farres)라는 작곡가가 미국에 망명한 후 만든 1947년도 작품이었다.

— 세임프래뀌테 프리곤도 케산토 꼬모이돈데
Siempre que te pregunto…

미진은 문득 이탈리안 맹인가수 안드레아 보첼리가 부르던 「키사스」란 노래의 멜로디가 떠올랐다.

항상 난 당신에게 묻고는 하지요, 언제 어디서 어떻게라고
당신은 늘 내게 대답하지요
아마도 아마도 아마도
Quizas Quizas Quizas

미진이 남자에게 보첼리가 부른 '키사스'를 좋아한다고 무심코 말하자 노래를 흥얼거리던 남자가 반색을 했다.

— 오우! 저는 보첼리의 찐 펜이지요! 유 노? 보첼리의 키사스는 물론, 다른 곡들도 모두 다 좋아해요. 보첼리의 노래를 들으면 왠지 눈물이 난다니까요.

— 어머, 나도 그래요.

— 그러니 이태리인들이 아니, 전 세계인들이 그렇게 보첼리에게 열광하는 건지도 모르지요.

좀처럼 말이 없는 미진의 남편도 한마디 거들었다.

— 저도 코로나 펜데믹 사태가 나기 직전 할리우드 볼에서 있었던 보첼리의 공연에 아내와 함께 갔었어요. 오 마이 갓! 그때도 보첼리가 '키사스'를 열창했었지요. '키사스'는 정말 언제 들어도 아름답고 감미로운 곡이지요. 정말 감동했어요. 제발, 어서 이 펜데믹이 끝나고 보첼리가 다시 미국을 찾아와준다면 꼭 할리우드 볼에 가서 노래를 들으려고 벼르고 있답니다.

남자가 말했다.

— 세상에!

미진은 깜짝 놀랐다. 미진도 남편과 함께 할리우드 볼에서 있었던 보첼리의 공연에 참석했었던 것이다. 견인차를 모는 우락부락한 생김새의 남자는 뜻밖에도 우아한 감성의 소유자였다. 지금까지와는 전혀 다르게 보였다.

미진은 수리소에 가닿는 동안 세상 살아가는 이야기와, 코로나 이야기와, 맹인 가수 보첼리에 대한 이야기를 하느라 어떻게 시간이 지나갔는지 모를 지경이었다.

남자가 뉴스를 끄고, 음반이 든 씨디를 틀었다. 순간, 트럭 안은 보첼리의 감미로운 노래로 가득 찼다. 남자가 보첼리가 부르는 '키사스'를 따라 부르자, 미진과 남편도 어느새 '키사스'에 스스럼없이 합류했다. 노래를 중심으로 자연스럽게 세 사람이 하나가 된 것이다. 음악은 그렇게 힘이 셌다.

당신은 시간을 잃고 있는 거에요

생각하고 생각하느라고

하지만 당신이 진정으로 원한다면

언제까지라도 언제까지라도

그렇게 날들은 지나가고 나는 절망에 빠져만 가요

그런데도 당신은 대답해요

아마도 아마도 아마도

Quizas, quizas, quizas

Quizas, quizas, quizas

가사의 내용은 어쩌면 코로나 펜데믹과 인류가 서로 나누는 안타까운 대화 같았다. 사람들은 코로나 펜데믹 때문에 서로 문을 굳게 닫아버렸다는 소식이었다.

그러나 미진은 꽁꽁 닫혔던 그 모든 문들이 꼭 다시 열릴 것을 예감하고 있었다. 음악의 힘, 예술의 힘을 믿는다면 희망의 문은 꼭 열릴 것이라고 생각했다.

보첼리가 부른 노래 '키사스'의 선율이 국경을 넘어 세계인들의 가슴을 하나로 묶어놓은 것처럼, 검은 스카프를 쓴 낯선 남자와 미진 부부의 불안했던 마음을 하나로 묶어놓은 것처럼… ✗

노인과 열쇠찾기

마음에 더러움이라는

잡초들이 무성해지도록 방치한다면

마음은 빛이 부족한 메마른 상태가 된다

메마른 땅의 메마른 나무는 불붙기 쉽다

불안, 분노, 불평의 약한 바람에도

금방 화의 불이 타오른다.

— 바지라메디(태국의 달라이 라마라고 불리는 멘토)

평일인데도 공원은 주말처럼 사람들로 붐볐다.

양로원에서 단체로 나온 노인들이 지팡이에 몸을 의지한 채 천천히 아주 천천히 호숫가를 걷고 있었다.

나는 금빛 햇살 일렁이는 공원의 호수를 따라 걷다가 그늘이 있는 벤치에 앉아 호수를 바라보며 한가한 시간을 보내고 있었다.

벤치 주위엔 오래된 등나무가 있었고, 하얀 나비가 떼지어 날았다. 이번 해엔 우리 집 정원에도 꼭 등나무 몇 그루 심으리라.

물에서 나와 잔디 위를 뒤뚱뒤뚱 자유롭게 돌아다니는 오리들이 귀여웠다. 언제 왔는지 먼 바다에서 원정 온 덩치 큰 펠리칸과 기러기도 뒤섞여 있다.

덥고 건조한 날씨 때문인지 갑자기 목이 말랐다. 차에 두고 온 병물이 생각났다.

'앗, 뿔, 싸!!'

열쇠가 없다! 주머니를 아무리 뒤져봐도 없다. 큰일이다!

공원을 걷는 동안 열쇠가 어딘가에서 떨어진 게 분명했다. 이미 공원을 두 바퀴나 걸어온 터였다. 어디에서 잃어버렸단 말인가? 암담했다. 나는 일단 왔던 길로 다시 되돌아가보기로 했다.

공원 안내를 위한 하얀 팻말을 지나 호수를 따라 난 길로 들어섰다. 마음이 급해지기 시작했다. 이제는 찰랑이는 녹색 물결이라던가 그 물 위로 쉴 새 없이 거품을 뿜어내는 분수의 물줄기, 짙은 녹색 물 안에서 떼지어 다니는 물고기들의 분주한 삶이나 그 위를 자유롭게 날고 있는 나비나 귀여운 오리떼들 따위는 더 이상 내 안중에 없었다. 오직 잃어버린 열쇠를 찾기 위해 조급하게 길 위를 두리번거렸다.

"여봐!"

그때였다. 누군가 나를 부르는 소리가 들려왔다. 등 나무 그늘에 가려진 벤치에 한 노인이 눈을 내리뜬 채 앉아 있었다. 사실 열쇠를 찾기 위해 몇 번이나 그 노인 앞을 지나면서도 나는 그 노인이 벤치에 앉아 졸고 있다고 생각했다. 나는 머뭇거리며 노인 앞으로 걸어 갔다.

"저 말씀이세요?"

"자네 아니면 또 누구겠어?"

가까이에서 보니 노인의 얼굴은 의외로 동안이었다. 노인은 편안한 자세로 벤치에 기대앉아 있었다. 노인 이 자신의 옆의 빈자리를 가리켰다. 더운 날씨에 지친 나는 그 위에 털썩 주저앉았다.

"근데, 아침부터 땅 위는 왜 그렇게 뚫어져라 보고 다니시나?"

"!?"

"그래, 길 위에 무슨 대단한 귀중품이라도 떨어져 있을까봐서? 젊디젊은 아가씨가… 쯧!"

노인이 말했다.

"아녜요! 할아버지! 그리고 전 할머니랍니다. 손녀도 있는걸요."

"할머니? 요즘은 눈이 가물가물하니 영 사람들 나이를 알 수가 있어야지… 에이, 내 눈엔 아직 아가씨로 뵈는 걸 뭘."

나는 노인의 말에 웃음부터 나왔다. 깡마른 노인의 모습은 의외에도 단정했다. 표정도 깐깐하고 엄격해 보였다. 느슨한 말씨와는 달리 나를 보는 노인의 눈은 진지했고 날카로웠다.

"저어… 사실은 열쇠를 잃어버려서 찾고 있는 중이랍니다."

"열쇠를 잃다니… 콘클라베 말씀이신가?"

"에? 할아버지. 뭐라구요?"

"설마… 바티칸에서 교황 선출에 실패했다는 뜻은 아니겠지?"

"참, 할아버지두…."

나는 노인의 농담에 피식 웃고 말았다.

노인과 이야기를 주고받다 보니 이상하게도 열쇠를 잃었다는 긴박감과 목마른 사실도 잊었다.

"흐음, 열쇠를 잃어버리셨다! 실은 말씀이야, 나도 열쇠를 잃은 지 꽤 오래 됐지!"

노인이 말했다.

"네엣?! 뭐라고요?"

"놀랄 것 없어요! 그래서 아직도 이러고 열쇠를 찾고 있는 중이라고…."

"!?"

"내 평생을 말이야! 하하하!"

"할아버지도 열쇠를 잃으셨다고요?"

"그렇다오! 아님, 누군가 나를 밖에서 잠가버리고 그 열쇠를 버린 모양이지, 콘클라베처럼 말씀이야… 열쇠가 어디 있건 말건 난 요즘은 그저 지쳐서 자주 이렇게 앉아 쉬고 있는 신세지만…."

나는 노인의 이야기에 솔깃해졌다.

"아참! 지난봄에도 여기에 온 적이 있었지. 그때도 온통 흐드러지게 핀 벚꽃들이 나를 이곳에 꼭 잠가 놓더란 말씀이야!"

노인은 고개를 옆으로 저었다.

"꼼짝 없이 당하고 말았지! 그때도 열쇠를 못 찾아 종일 여기에 갇혀 있었다니까! 참!"

"기막혀서! 벚꽃들이 할아버지를 가두어버렸다고요?"

노인이 대답 대신 심각한 얼굴로 고개를 끄덕였다.

그러고 보니 노인은 내가 이곳에서 늘 보아왔던 그런 흔한 한국 노인이 아니었다. 내가 던지는 말에 고개를 위 아래로 끄덕이며 대답하고 있는 노인의 눈은 시공을 넘어 먼 곳을 향해 있었다.

공원 근처엔 여기 저기 양로원 건물들이 자리 잡고 있었다. 그리고 그 양로원엔 한때 패기왕성했던 젊음을 모두 이국의 땅에서 이민생활로 흘려보낸 한국 노인들이 더러 살고 있었다.

노인의 모습은 아주 독특했다. 몸가짐도 단정했다. 바람 꺼진 풍선처럼 기운이 모두 빠져버리고 세상과 맞서기에도 무기력한 노인의 모습이 아니었다.

"길상이야!"

잠시 후 노인이 혼잣말처럼 중얼거렸다.

나는 노인의 말에 주변을 둘러보았다.

노인은 그런 내 얼굴을 찬찬히 들여다보며 말했다.

"젊은이 말이요."

"제가요?"

노인이 고개를 끄덕였다. 노인은 어느새 나와 내 귀중한 시간을 미궁 속으로 몰고 갔다.

"관상 이야기는 하시지도 마세요. 할아버지!"

"왜?"

"국모가 될 관상이라느니 뭐라니 그런 말 많이 들었지만, 보시는 대로 이 모양 이 꼴이니까요."

"쯧쯧. 상은 아주 좋은 상인데…."

"할아버지, 전 열쇠를 찾으러 가야겠어요."

나는 벤치에서 벌떡 일어났다. 노인이 말했다.

"이봐요! 지금 사람들이 모두 호수 주변으로 나있는 저 길을 따라가고 있지?"

"네, 그런데요?"

"우리의 삶도 그런 이치와 같지."

노인이 호수가의 길을 손으로 가리키며 말했다.

"그렇게 자신의 앞으로 난 길을 따라 가다보면 오르막길이 있고 내리막길이 있고, 또 돌아가는 길도 나오게 마련이지."

"!"

"아니, 꽉 막힌 길도 있는 법… 길 자체만이 막힌 게 아니라 여러 가지 장애가 우리 앞을 막고 있을 때가 더 많은 법이지. 우리의 마음도 그와 같은 것이고."

"네에?"

"그러니까, 자네의 마음도 막힘없이 뚫려 있어야 한다는 말씀이야."

"어떻게요?"

"더 먼 곳을 보란 말씀이지. 먼 곳을…."

노인은 먼 곳으로 시선을 던졌다.

"하지만 제 경험에 의하면 길은 수시로 막히게 마련이던 걸요?"

"물론이지!"

노인이 고개를 끄덕였다.

"그래도, 이보시게 더 많은 축복을 받으려면, 이미 스스로에게 주어진 축복에 감사를 해야만 하네!"

"어머 어떻게 아세요? 제 가슴속에 불만이 가득 차 있다는 걸…."

노인이 내 눈을 찬찬히 들여다보며 말했다.

"그 눈이 모두 다 이야기하고 있으니까. 심지어 자신에 대한 모든 책임까지 주변 사람 탓으로 돌리며 회의에 빠져 있지 않은가 말씀이야! 왜? 내가 틀린 말을 했나?"

"!"

"이제라도 모든 축복을 감사하기 시작하면 하늘의 마음이 열려 엄청난 축복을 받을 수 있을 텐데…."

노인이 안타깝다는 듯 고개를 옆으로 저었다.

"하늘은 처음부터 큰 것을 주지는 않아요! 그래도 작은 것에 기뻐하고 감사하는 사람에게 비로소 더 큰 축복을 주시지. 아암… 말하자면 신이 내리는 '또 다른 축복'은 감사의 그릇이 준비된 사람에게만 주어지는 선물이지."

"!"

"자동차 열쇠나 찾으러 다니는 것보다는 내 마음을 여는 열쇠를 찾는 일이 더 시급하다는 말씀이네!"

"넷? 마음을 여는 열쇠라니?"

"그러니까… 내 말은 우주의 진실을 여는 열쇠 말이야!"

우주란 과연 무엇인가

지상 100km 공기도 없는 진공

모든 물체가 중력을 잃고 둥둥 떠다니는

희망이 정오의 태양처럼

정수리를 비출 때면

섭씨 120도의 의욕으로 들끓기도 하지만

태양이 비껴가는 영하의 절망 속에

12도 섭씨로 떨어지는 곳

내 안에는 또 하나의 보이지 않는

길이 있다

혹독한 태동 무한대로 뻗어나가는

'그런데 그런 게 도무지 있기는 한 걸까?'

순간, 내 마음을 읽기라도 한 듯 노인이 말했다.

"그래! 그 열쇠는 의외로 자네의 가장 가까이에 있다네!"

"제 가까이에요?"

호수의 물결 위에 반사된 빛이 한 무리의 은빛 새들처럼 눈부시게 반짝였다.

"그렇지, 잘 보면 찾을 수 있다네!"

노인의 음성이 저 멀리서 울리는 메아리처럼 아련하고 신비롭게 들려왔다.

"우리 주위에는 분명 보이지 않은 에너지가 안개처럼 둘러싸고 있고, 그 에너지는 언제나 우리를 지켜주고 있다는 말씀일세! 아시겠나?"

"그럴까요?"

"물론! 그래서 세상의 모든 일에는 언제나 인과응보가 따르게 되고…."

"인과응보?"

"인과응보야 말로 정확히 그 사실을 증명하고 있지 않은가 말씀이야!"

"!"

"그러니 세상 돌아가는 일에 대해 자네 혼자 걱정할

게 뭐 있겠는가? 모두 다 내려놓아요! 세상이야 먹구름으로 흐르든 말든! 지나가면 그 뿐."

나는 노인의 말에 고개를 끄덕이며 먼 하늘을 바라보았다.

푸른 구슬처럼 투명한 하늘 위엔 방목해놓은 양떼 같은 하얀 구름이 둥 둥 떠있었다. 흐드러지게 활짝 핀 분홍빛 벚꽃과 푸른 하늘….

"앗?!"

벤치 위에서 무언가가 반짝였다.

열쇠였다!

여태까지 나와 이야기를 주고받던 노인은 보이지 않았다. 나는 주위를 두리번거렸다. 또 하나의 열쇠, 내 마음의 열쇠를 찾으려고…. ✈

성 크리스토퍼의 손길

무는 읽던 신문을 신경질적으로 내던졌다. 세상 돌아가는 일이 영 심상치 않았다.

폭동에,

팬데믹에,

인종차별과 홈리스 문제까지⋯ 점점 더 정신을 차릴 수 없을 지경으로 혼란스러운 세상이 되어가고 있었다.

요즘은 부쩍 여러 범죄 사건들이 신문의 사회면을 도배하다시피 했다. 얼마 전만 해도 흑인노숙자가 102세의 한국노인을 폭행했던 일이 일어났었고, 뉴욕에서 흑인노숙자가 전도유망하고 앞길이 창창한 삼십대의 한국여인을 살해했다는 청천벽력 같은 소식도 들려왔었다. 무는 한숨을 푹 내쉬었다.

'아니, 어떻게 이런 끔찍한 일들이 일상처럼 자주

일어날 수 있단 말인가?'

　무는 요즘 세상 돌아가는 일을 이해할 수가 없었다. 더구나 동양인을 해친 범죄자가 흑인노숙자란 소식을 들을 때마다 물을 잔뜩 품은 솜처럼 마음이 무거웠다.

　무가 미국으로 왔을 때만해도 미국은 이민자들에게 낙원처럼 느껴지던 곳이었다. 아니, 그 당시의 미국은 아직 무와 모든 이민자들이 자신의 꿈을 이룰 수 있었던 샹그릴라였다.

　컴퓨터를 전공한 무가 미국에서 첫 번째로 얻은 직장은 커다란 컴퓨터가 있는 자료실이었다. 무는 신문에서 구인란을 보고 수월하게 그 직장을 구할 수 있었다. 그 직장은 무에게 결혼도 하고 집도 마련할 수 있는 단초가 되었던 셈이었다.

　무가 일하는 부서에는 여러 다양한 인종들이 함께 일을 하고 있었는데, 반 이상은 우범지대인 로컬의 흑인들로 구성되어 있었다. 덕분에 무는 처음부터 다양한 인종들로 이루어진 멜팅팟인 미국사회를 경험할 수 있었던 셈이다.

　그때만 해도 미국생활과 언어에 아주 서툴렀던 무였지만 컴퓨터 자료실이었기에 일하는 데는 별문제가 없었고 직장의 동료들도 모두 그에게 친절했다.

주말이 시작되는 금요일 오후가 되면, 직장 친구들은 무를 자신들의 파티에 초대하곤 했다. 물론, 무 역시 되도록 동료들의 파티에 참석하곤 했는데, 파티가 열리는 장소는 우범지대일 때가 많았다.

파티라고 해야 자신들의 작고 조촐한 집에 직장 동료들이나 친구들을 불러 놓고 함께 음식을 먹으며 이야기를 나누는 모임이었다. 거실이나 댄, 혹은 정원에서 흥겨운 음악을 틀어놓고 춤을 추는 이들도 있었다.

훨씬 나중에서야 무는 경험도 없었던 그가 어떻게 힘들이지 않고 비교적 월급과 베네핏이 좋았던 그 직장을 구할 수 있게 되었는지 알게 되었다. 그 직장은 대낮에도 총성이 울리기도 하는 위험한 우범지대를 지나야 했기 때문에 사람들에게 인기가 없었던 것이다.

그땐 미국의 초년생이어서 그곳이 우범지대인지조차도 몰랐지만, 유난히 많이 지나다니던 순찰차와 사이렌을 울리며 지나다니던 앰뷸런스를 보며 우범지대라는 사실을 눈치 챌 수 있게 되었다. 무식한 덕에 용감했던 것이다.

그때 무는 개스가 별로 들지 않는 낡은 일제 소형 스틱쉽을 타고 다녔다. 그런데 무의 '일등 공신'인 그 소형차는 가끔 아무데서나 덜컥 서버리곤 했다. 처음엔 차가 설 때마다 차의 엔진을 끄고 다시 시동을 걸어주면 곧 다시 움직이곤 했다.

그날은 늦게까지 오버타임을 한 후 피곤한 몸을 이끌고 귀가하던 길이었다. 하필이면 그 늦은 시각, 무의 차가 덜컥 길 위에서 서버리고 말았다. 신호등이 바뀌자 기어를 바꾸며 서서히 서행하던 중 일어난 일이었다. 물론, 평소대로 차의 엔진을 끈 후 시동을 다시 걸어보아도, 기어를 이리저리 바꿔보아도, '일등 공신'은 고집 센 짐승처럼 꿈쩍도 하지 않았다.

'이걸 어쩌지? 무서운 우범지대 한가운데 갇혀 꼼짝 못하게 되었으니.'

당황한 나머지 가슴이 철렁 내려앉고 머릿속이 하얘졌다. 무는 일단 차안에서 가만히 있기로 했다. 경찰이 자주 지나는 길인만큼 경찰이 사이렌을 울리며 지날 때까지 기다려 보기로 했던 것이다. 우범지대를 빨리 벗어나려 서두르다 차가 멈췄으니 밖으로 나갈 엄두도 나지 않았다. 겁이 나고 무서웠다. 자기도 모르게 몸이 와들와들 떨려왔다.

그때였다. 누군가 차 옆으로 다가와 차문을 두드렸다. 한 흑인 아저씨였다. 순간 무는 어떤 위기의식을 느꼈다. 머리카락이 곤두섰고 정신이 아찔했다. 하지만 애써 마음을 진정시켰다.

"무슨 문제가 있나요?"

그 흑인 아저씨가 물었다.

"저어…, 제 차가 갑자기 서더니… 이렇게 움직이질 않아요! 경찰 좀 불러주세요, 경찰!"

한껏 겁에 질린 탓인지 무의 음성이 떨렸다. 자신도 모르게 눈물이 왈칵 쏟아졌다.

— 안 돼! 사내자식은 절대로 울면 안 돼!

그동안 무슨 일이 있었어도 이를 악물며 눈물을 참았던 그가 아닌가?

"걱정할 것 없어요. 그렇게 차에 앉아 있지만 말고 내가 차를 좀 봐줄 테니 잠깐 밖으로 나와 볼래요?"

그 흑인 아저씨가 말했다. 그러나 무는 그의 친절한 말에도 선뜻 차에서 내리지 못하고 머뭇거렸다. 흑인 아저씨가 무의 얼굴을 빤히 바라보더니, 불쑥 말했다.

"You Korean?"

무는 자기도 모르게 고개를 끄덕였다. 그러자 그가 익살스럽게 말했다.

"안뇽하세요? 난, 한국의 으쩡부(의정부) 미꾼(미군)입니다요. 유노? 킴치! 쏘주! 헤이 맨! 두 유 라이크 쏘주? Hay man! Do you like Soju?"

그 아저씨가 소주를 마시는 시늉을 했다. 다 마시고 시원하게 캬아— 하는 소리까지 흉내 냈다. 무는 깜짝 놀랐다. 한국말을 쏟아놓는 그의 익살에 자신도 모르게 웃음이 나왔다. 웃을 수 있는 여유를 되찾은 무는 안심하고 차 밖으로 나왔다.

"아! 시동이 걸렸네!"

잠시 후에 그 아저씨는 활짝 웃으며 무의 차에서 내려왔다. 그는 차의 기어에 문제가 있다며 어서 매케닉에게 가서 파트를 하나 바꾸어야 한다고 친절히 알려주었다. 무는 그 흑인 아저씨에게 고맙다고 꾸벅 인사를 한 후 황급히 그곳을 빠져나왔다.

"휴우~ 십년감수했네!"

무는 겨우 프리웨이로 들어선 후에야 마음을 놓을 수 있었다. 자동차는 언제 그랬냐는 듯 잘도 달렸다.

그러고 보니 제대로 인사나 하고 돌아왔는지 알 수

곽설리

가 없었다. 어찌나 당황했던지 그분께 무어라고 인사를 했는지도 생각이 나질 않았다.

그때만 해도 미국은 무에게 낯설기만 했던 막막한 사막이었다. 그러나 그 살벌하고 번잡한 길에서 곤경에 빠진 무를 도와준 그분의 따뜻한 마음 덕분인지, 그때부터 그토록 무서웠던 '사막의 밤길'이 덜 무서워지기 시작했다.

세월이 많이 흘렀으니 그 흑인 아저씨도 이제는 더 이상 이 세상 사람이 아닐 것이다. 그래도 무는 가끔 그분의 활짝 웃던 모습을 떠올려 보곤 했다. 어쩌면 그분이 교통과 사막의 성인 '세인트 크리스토퍼'의 현시가 아니었을까 라는 생각이 들곤 했다.

그 흑인 아저씨에게 감사의 인사로 뜨끈한 설렁탕 한 그릇이라도 대접하지 못한 아쉬움이 마음의 흉터로 남아 있다. 흑인을 무조건 우범지대의 위험한 사람이라고 생각했던 부끄러움도 문신처럼 지워지지 않는다.

캄캄한 골목길

오랫동안 이어지고 있는 정전에 대해 진지하게 생각하고 있는 이를 만난 건 정말 우연이었다. 정말 토박이가 아니면 기억하지도 예측할 수도 없는 일이었다. 그러나 나는 정말 우연히 엉뚱한 곳에서 그런 사람과 마주친 것이다.

남자가 말했다. 술에 잔뜩 취해 휘청거리는 것 같기도 하고, 세상 모든 일을 깨우친 것 같기도 한 목소리였다. 한 사람 같기도 하고, 여러 명 같기도 했다.

"세상은 지금 정전되고 있네. 전기가 끊어지면 어떤 일이 벌어지는지는 잘 아시겠지? 컴퓨터와 모든 것이 멈추고, 온 세상이 캄캄해지면 인간들은… 놀라서 어쩔 줄 모르고 그저 촛불이나 켜고 기다릴 뿐이지! 촛불 따위론 어림도 없는 일이라는 걸 알지만 다른 방법을 모르니 어쩌겠나?"

남자의 목소리가 한층 우렁차고 날카로워졌다. 무슨 선언문을 낭독하는 독립투사 같았다.

"잊지 마시게! 지금 온 세상이 가느다란 전깃줄에 대롱대롱 매달려 있다는 슬프고 아슬아슬한 현실을… 그걸 잊어선 안 돼! 그러니 잠들지 마시게!"

그리고는 연기처럼 사라져버렸다.

무언가를 생각할 때면 해답을 찾을 때까지 이리저리 궁리하며 아무 길이나 오래도록 걷는 습관이 있었던 나는 그날 밤도 무언가를 골똘히 생각하며 좁고 어두운 골목길을 걷고 있었다.

골목길이란 게 원래 그렇듯 고만고만한 집들이 다닥다닥 붙어있고 어딘가에서 사람 사는 소리가 들려오는 곳이었다. 가족들이 모여 오순도순 나누는 이야기 소리가 아련하게 들려오는가 하면 웃음소리와 그릇 부딪치는 소리, 자욱한 음식냄새, 싸우는 소리, 사람 냄새 진해서 편안한 곳….

어느 골목에서나 들을 수 있는 친근한 소음들은 나의 신경을 조금도 거스르지 않았고 오히려 나의 상상력을 넓혀주었다. 마음 놓고 좀 더 깊이 나만의 생각 속으로 빠져들 수 있게 해주었다.

때때로 나는 걸음을 멈추고 어느 집 창가에서 두서 없이 들려오는 익명들의 이야기 소리에 귀 기울이곤 했다. 익명의 목소리들…

'엄마! 할아버지는 어디 갔어?'

'납치를 당한 후 행방불명이 되셨지.'

'말구 삼촌은?'

'의용군으로 끌려간 후 소식이 끊겨버렸지.'

'데레사 아줌마와 시릴로 막내 삼촌은?'

'(기인 한숨소리에 이어) 글쎄다! 그땐 그 애들이 너무 어렸으니… 낸들 알 수가… 아마도 그때 죽었을 거 야…'

'그럼 모두 죽거나 사라진 거야?'

'…그런 셈이지, 그런 셈이야…'

'그런데 우린 어떻게 살아있는 거야?'

그랬다. 늘 전쟁이 말썽이었다. 아! 생각을 말자! 그러나 멈춘 줄 알았던 생각은 나의 삶의 지류를 따라 도도히 강물처럼 흐르고 있었다. 잔잔한 슬픔은 어느새 분노가 되어 참을 수 없는 경사를 따라 격류가 되어 용솟음치기도 했고 거대한 쓰나미가 되어 걷잡을 수없이 사방으로 역류했다. 폭포가 되어 내리꽂히기도 했다.

문득 생뚱맞은 생각이 떠올랐다. 저 동쪽에 있는 작은 나라는 아직도 정전(停戰) 협정을 못 맺어 철조망이 시퍼렇고 자주 정전(停電)이 되곤 한다는….

　하지만 지금 나는 지극히 평온하게 걷고 있다. 더 이상 갈 곳이 없는 지점까지, 아니, 저 삶의 끝까지 가보는 것이다. 어디선가 또 다른 이야기 소리가 물방울처럼 튀어나왔다.

　'내가 무명이라고? 그러나 당신이 알 리가 없지…'

　'모른다고?'

　'당신은 모를 거야! 대가의 곡들을, 아니, 그 한 음절만이라도 반복하는 순간이 얼마나 소중한지, 얼마나 큰 영광인지를, 벅차도록 의미 있는 일인지를… 그건 마치, 미치도록 사랑하는 이의 얼굴을 한 번 만이라도 보게 되는 것만큼 황홀한 일이라고.'

　'내가 왜 우냐고?'

　'그건… 인간이란 존재가 너무 아름다워서야! 그런데 정작 인간들은 터무니없는 까닭을 붙이며 자신이 얼마나 아름다운지를 모르지. 그게 내가 울 수밖에 없는 이유의 전부야.'

　'그나저나 이놈의 정전은 언제나 끝나는 거야? 지긋지긋해 정말! 촛불로는 너무 어두워! 촛불은 너무 흔

들려!'

'하지만 그 덕에 당신이 육성으로 부르는 노래를 생생하게 들을 수 있으니 난 행복해!'

'정말?'

'응, 정말 행복해.'

그러자 남자가 네순 도르마를 부르기 시작했다. 아까 정전에 대한 선언을 하고 사라진 남자의 목소리 같기도 했다.

오페라 「투란도트(Turandot)」의 아리아 네순 도르마는 내가 정말 좋아하는 노래였다. 아무도 잠들지 말라는 뜻의 그 노래는 밤이 와도 쉬 '잠들 수 없는 이들'이 밤거리를 배회하는 순간에 듣기에는 더 없이 적절한 노래였다.

나는 카루소부터 파파로티, 도밍고, 카리라스, 폴 포츠, 안드레아 보첼리, 세라 브라잇만에 이르기까지 모든 네순 도르마를 좋아했다. 엔돌핀이 넘치는 영감으로 꽉 찬 유익한 순간들을 선물 하니까….

아무도 잠들지 말라
아무도 잠들지 말라
오 공주님, 당신도 마찬가지에요

차가운 방 안에서

저 별을 보세요

사랑과 희망으로 떨고 있는

나는 네순 도르마를 조용히 따라 부르며, 투란도트
의 수수께끼를 생각했다.

첫 번째 문제. '어두운 밤을 가르며 날아다니는 환
상. 모두가 원하는 환상. 밤마다 새롭게 태어나고 아
침이 되면 죽는 것은?'

두 번째 문제. '불꽃처럼 타오르지만 불꽃은 아니
며, 너의 삶이 다하면 차가워지고, 정복을 꿈꾸면 타
오른다, 석양처럼 붉은 것은?'

정답은 희망과 피.

정전이 되면 희망도 피도 굳어져버리는 걸까?

갑자기 골목길이 캄캄해지기 시작했다. 정전이다!
정전은 늘 예고 없이 들이 닥친다. 새카만 골목길에서
아무도 잠들지 말라는 노래를 들으며 나는 스르르 잠
이 들었다. 그러다가 남자의 목소리에 놀라서 깨어났
다.

"잊지 마시게! 지금 온 세상이 가느다란 전깃줄에
대롱대롱 매달려 있다는 슬프고 아슬아슬한 현실을…

그걸 잊어선 안 돼! 그러니 잠들지 말고 깨어나시게!"

골목길은 여전히 캄캄했다. 아무도 이 정전이 언제나 끝날지 알려줄 것 같지 않았다. 그냥 캄캄한 가운데 잠들지 말라, 잠들면 안 된다는 소리만 요란했다.

*

어느 날, 나는 정전에 얽힌 사연을 좀 더 깊게 알고 싶어져서 그 골목길을 다시 찾았다. 그런데 아무리 헤매도 그 골목길들은 낯설기만 했다. 조그만 가게와 고만고만한 집들이 늘어서 있었던 골목길엔 끝이 보이지 않는 빌딩과 아파트가 위용을 떨치며 서 있었다.

나는 빌딩 숲만 하릴없이 헤매다 돌아오고 말았다. 그래도 남자의 우렁찬 선언은 선명했고, 어디선가 칼라프의 승리를 확신하는 그 유명한 아리아 네순 도르마의 아름다운 음률이 은하수처럼 흐르고 있는 것만 같았다.

오 밤이여 사라져라
별들이여 잠들어라 ✤

젖은 눈

첫사랑과 구두닦이

삼켜버린 진짜 진주

가물가물 깜빡깜빡

아버님의 여자

김
영
강

본명 이영강(李鈴江). 경남 마산 출생. 소설집 『가시꽃 향기』『무지개 사라진 자리』장편소설 『침묵의 메아리』, 글벗동인 소설집 『다섯 나무 숲』 등, 7권 의 책과 그 외 한국학교 교재 다수 출간. 미주한국일보 소설 신인상, 에피포 도문학상 소설 금상, 해외문학상 소설 대상, 고원문학상, 미주가톨릭문학상 수상. 이화여대 남가주동창회보 편집장, 계간미주문학 편집장, 미주가톨릭 문학 편집장 역임. 현재 미주한국문인협회, 미주한국소설가협회 회원. kaykim1211@gmail.com

젖은 눈

앗! 갑자기 눈앞에 형이 나타났습니다. 그리고 오만 상을 찡그리고 곧바로 두 손으로 가슴을 움켜쥐고, 비틀거리다가 그 자리에 쓰러지고 말았어요. 나는 순간 핸들을 오른쪽으로 확 꺾었지요.

앗! 하는 찰나에 일어난 일입니다. 물론 거기가 낭떠러지인 줄을 미처 생각할 겨를도 없었지요. 젠장, 다른 건 몰라도 운전만은 자신 있었는데….

형이 위독하다는 연락을 받고 서울대학병원으로 향하던 중 일어난 일입니다. 병원에 입원한 형이 어떻게 달리는 내 차 앞에 나타날 수가 있었을까요?

형과 나는 이란성 쌍둥이입니다. 아무리 이란성이라 하더라도 쌍둥이는 쌍둥이인데, 우린 많이 달라요. 얼굴도 다르게 생겼지만 성격도 달라요. 키가 훌쩍 큰 것만 닮았습니다. 형은 어찌나 말랐는지 툭 건드리기만 해도 픽 쓰러질 것같이 비실비실하게 생겼어요. 그리고 나가 놀지를 않고 공부만 들고파며, 시를 쓴답시고 맨날 뭐를 끄적거려요.

결론적으로 말해, 제일 중요한 것은 나는 아주 건강하고 형은 아주 약하다는 사실입니다. 쌍둥이가 이렇게 다르다니? 의사들도 의학적으로 설명이 불가능하다며 고개를 갸우뚱거립니다.

형은 어릴 적부터 몸이 약했어요. 특히 심장에 문제가 있어서 늘 숨이 찼어요. 엄마 뱃속에 있을 때, 내가 형한테 갈 젖까지 다 뺏어 먹어서 그렇다네요. 어쨌든, 학교 다닐 때도 형의 가방은 노상 내가 들고 다니고, 아주 어릴 적에도 나는 항상 형을 보살폈어요.

말하자면 형은 내가 업어 키운 셈입니다. 걸핏하면 픽 쓰러지는 형놈을 들쳐 업고 병원으로 달리기를 밥 먹듯 했다니까요. 그땐 당연히 그래야 하는 줄만 알았지요.

엄마는 형만 위했어요. 나를 형의 종처럼 부려먹었지요.

먹는 것도요. 맛있는 반찬은 형만 따로 해줬어요. 형은 입이 워낙 짧아서, 도대체 먹지를 않아 엄마가 얼마나 애를 태웠는지 모릅니다. 아무 거나 맛있게 잘 먹는 나와는 생판 달랐어요.

부모로부터 차별대우를 받는 게 얼마나 서럽고 더럽고 억울한지 당해보지 않은 사람은 모를 겁니다. 알 수가 없지요.

게다가 형놈 병치레로 집안 살림 거덜나, 점점 살기 어려워지고….

어쩔 수가 없어… 내 입 하나라도 덜어야겠다 싶어서 나는 그만 집을 뛰쳐나오고 말았어요. 집 나오는 날, 공교롭게도 비가 주룩주룩 내렸는데… 나를 바라보던 형의 젖은 눈을 잊을 수가 없네요. 축축하게 젖은 눈….

혼자 고학까지 하려니 사는 게 참 힘들었어요. 지방 대학을 근 10년 만에 졸업했으니까요. 아르바이트를 계속하면서 학비와 생활비를 벌어야 했고, 그 중간에 군대까지 갔다 왔으니, 가족과는 몸도 마음도 아주 멀어져 있었지요. 그러한 상황이 저는 도리어 편했어요. 가슴 속에 얹혀 있던 돌멩이 하나가 쑥 빠져나간 듯해

속이 후련하기까지 했으니까요.

그리고 사회인으로 첫발을 디딘 곳이 생활용품 영업 직이었어요. 하나라도 더 소매상을 확보해야 하는 것이 내 임무이니, 거의 하루 종일 운전을 하면서 참 열심히 뛰었습니다. 돈과 일에만 정신이 팔려 있었지요.

계속 자동차 몰고 동서남북으로 다니자니 힘은 듭디다. 동가식서가숙 떠돌이 삶이니… 이게 말하자면 현대판 장돌뱅이올시다. 하지만, 여기저기 구경 원 없이 하고 다양한 사람들 만나니 꼭 나쁘지만은 않았고 배우는 것도 참 많았어요.

그런데 가족이란 관계가 참으로 묘하데요. 아버지가 수소문하셔서 저를 찾아오셨지 뭡니까? 하지만 제 본심은 그냥 데면데면했습니다. 아버지도 아무 말씀 없으시데요. 눈물을 한 방울 떨어뜨리신 것 같은데… 기억이 확실치는 않네요. 워낙 오래 전 일이라서….

얼마나 지났을까요? 멀리서 앰뷸런스의 사이렌 소리가 어렴풋이 들려왔어요. 나를 향해 오고 있는 것 같았어요. 이렇게 숲속 깊은 곳에 처박혀 있어도 발견이 되었나 봐요.

아, 참. 형이 보았었지. 그가 신고를 했나? 분명히

형이 쓰러지는 걸 보았는데, 그럼 잠깐 쓰러졌다가 정신이 돌아온 모양인가? 하지만 이제는 다 소용 없는 일, 난 이미 끝났어요.

눈은 떴는데 앞이 하나도 안 보입니다. 훤한 대낮인데도 완전 캄캄해요. 아무 것도 안 보여요.

아! 내 눈! 내 눈….

손가락 하나도 까딱할 수가 없습니다. 그렇다면, 내가 죽은 건가요? 내가 죽다니, 왜 내가 죽어야 하죠? 그러니까 형놈을 살리기 위해 내가 죽었네요. 아, 억울합니다! 억울해요. 너무 너무 억울해요.

아마도 내 심장은 분명히 형한테 이식이 될 거예요. 오래 전에 장기이식에 동의를 했고, 운전면허증에도 그 사실이 적혀 있으니까요.

제발 부탁합니다, 제발! 제발…!

뇌사에 들어가더라도 좀 기다려줘요. 내 심장 미리 떼내지 마세요. 의식이 돌아올 수도 있지 않겠어요? 그런 건 가족이 결정할 문제라구요? 아녜요. 아녜요. 엄마 아버지는 내 심장을 바로 형한테 이식하려고, 호흡기를 당장 떼라고 할 겁니다. 안 돼요. 안 돼. 좀 기다려주세요. 제발 부탁합니다.

아마도 어쩌면 아마도

형놈이 사실은 내 덕분에 살았다구요. 내가 콩팥을 이식해 줬거든요. 어쩝니까, 당장 목숨이 오락가락하는 판인데… 아무튼 살려놓고 봐야할 상황이니… 콩팥 아니라 뭐라도 떼 줘야죠. 부모님도 그걸 바라시고….

이러다가는 내 장기를 모두 내줘야하는 판이 아닌가 하는 생각에 짜증도 나고 더럭 겁도 나고… 내가 뭐 형의 장기 임시보관소도 아니고 말입니다.

생각해보면 불쌍한 형은 늘 죽음과 함께 살아온 셈입니다. 죽음과 삶의 경계에 서서 아슬아슬… 그 곁에 늘 내가 있었고….

이왕에 주는 거 기분 좋게 줬으면 좋았을 걸… 마지 못해, 심통을 있는 대로 부려댔으니… 그러니 받는 사람 마음이 어땠겠습니까, 그걸 바라보며 못 본 척 해야 하는 부모님의 심정은 또 어땠겠어요.

한데, 콩팥 하나 떼 주고도 나는 건강했어요. 이상할 정도로요. 하나 있는 신장이 두 개 역할을 한다고 그랬는데, 진짜 그런가 봐요.

그런데 이제는 심장까지 떼 주게 생겼어요. 내가 형의 장기 임시보관소가 된 게 틀림없네요. 젠장!

어! 근데… 이게 어찌된 일입니까? 서울대학병원에

김영강

서 울음소리가 들립니다. 형이 죽었어요. 나도 죽고, 형도 죽고? 그러니까 형이 죽으면서 나까지 끌고 간 것이 분명합니다. 동시에 태어났다고 해서 동시에 죽어야 한다는 법은 없잖습니까?

형, 왜 그래? 살아서도 그렇게 날 힘들게 하더니 죽어서까지도 날 괴롭히고 싶어?

"따라오지 마. 따라오지 말라니까! 돌아가. 돌아가. 돌아가라구우우—."

앞서가는 형이 계속 소리를 지릅니다.

"나는 이왕 죽을 몸이었어. 지금 말이야. 내 몸에 암이 다 퍼졌어. 장기가 하나도 쓸모없이 돼버렸지만, 다행이 눈은 살아 있어. 내 눈 가지고 밝은 세상 보면서 너는 더 살아야 돼."

뭐 암이 다 퍼졌다고? 나는 몰랐던 사실입니다.

"걱정할까 봐 너한테는 말 안 했으나, 그간 내가 많이 아팠어. 내 죽음은 당연지사야. 살아봤자 남한테 짐만 되고, 더구나 고통을 벗어나고 보니 난 지금 더 없이 행복해. 나는 정말 이제부터 살판났어."

약하디 약한 형한테서 어디서 그런 우렁찬 목소리가 나오는지 신기했어요.

"너도 이제부터는 살판나게 살아. 새 눈으로 밝은 세상 보며 행복하게 살아. 그리고 부모님께도 내가 살판나서 좋아한다고 전하고…. 부모님을 위해서라도 너는 꼭 살아서 돌아가야 해. 그동안 나 때문에 고생만 하셨는데, 네가 잘해드려. 너만 믿는다."

순간 형이 비틀거려 쫓아가서 부축을 하려니 나를 확 밀어내며 패대기를 쳤습니다. 놀랍도록 강한 힘이었어요.

그리고 형은 따라오지 말라는 말만 되풀이하며 뒤도 안 돌아보고 걸음을 재촉하고 있었습니다.

너무 심하게 바닥에 내팽개쳐져 일어설 수가 없어 나는 한참을 널브러져 있었어요. 이제는 더 속도를 내며 뛰다시피 걸음을 재촉하고 있는 형의 뒷모습을 누운 채 바라보는데 눈물이 주르르 흘렀습니다.

"형, 미안해… 정말 미안해."

앰뷸런스 울부짖는 소리가 점점 가까워지고 있네요. 왱 왱 우앵 우앵 우애앵 우우애애앵….

아, 환하고 아름다운 세상이 눈앞에 펼쳐졌습니다. 형의 눈이라 그런지, 어딘가 다르네요! 뭐라고 말로 표현하기는 어려운데… 뭘까, 안 보이던 것이 보이는 것 같고… 세상이 맑고 투명해 보인다고 할까요. 결국 이렇게 형과 나는 하나가 된 셈이죠. 쌍둥이로 태어났으니 어쩔 수 없지요.

형의 유품을 정리하다 보니 내게 보내는 수제(手製) 시집이 나왔습니다. 손으로 정성껏 또박또박 쓰고 그림까지 직접 그려 넣었네요. 이런 정성을 여자한테 쏟았으면 장가 몇 번 가고도 남았을 텐데….

읽어보기도 전에 눈물부터 납니다. 속표지에 이렇게 씌어 있어요.

미안하다, 고맙다, 사랑한다.

정말 미안하다, 정말 고맙다, 정말 사랑한다.

흔해빠진 신파조인데도 왜 이렇게 눈물이 나는지….

몸은 내가 튼튼하다고 우쭐댔지만, 진짜 중요한 정신은 형이 나보다 한결 건강했던 겁니다. 저는 그런 하느님의 섭리를 모르고 건방을 떨며 살았던 거죠. 왜 사는 지도 모르고 말입니다.

그래서, 생각합니다. 사람의 목숨이나 사랑은 선택 사항이 아니라는 것, 사람이 이러구저러구 할 일이 아니라는 것….

지금 저는 형의 산소를 향하고 있습니다. 초록의 이 파리들이 햇빛에 반사되어 반짝반짝 빛나고, 산과 들에는 오곡백화가 만발했습니다. 눈앞에 보이는 온갖 것이 다 아름답습니다.

형이 내게 주고 간 사랑의 빛이 온 세상을 밝히고 있기에…. ✗

김영강

첫사랑과 구두닦이

무심코 텔레비전을 켰는데, 그의 얼굴이 화면에 나타났다. 이름도 언급이 되었다. 30여 년 전, 그렇게도 애타게 사랑했던 바로 그 남자였다. 정희는 눈과 귀를 의심했으나 분명히 그였다. 잠깐 동안이었는데도 그 화면이 정희에게 잡혔다는 사실이 신기했다.

그런데 이상하다. 왜 이리도 담담하지? 약간의 놀라움은 있었으나 금세 입가에 미소가 일며 그냥 모르는 아저씨를 대하는 것 같았다.

이곳 로스앤젤레스에서 방영되는 한국 채널에서다. 그가 무슨 기업공로상을 받아 기자와 인터뷰를 하는 중이었다. 옛날에도 겉늙어 보여 대학생 같지가 않고 아저씨 같았는데, 50줄에 들어선 얼굴 역시 나이보다는 늙어 보였다. 그는 한국 재계에서 손꼽히는 유명인사였다.

그렇지, 그동안에 그의 소식은 까맣게 모르고 살았으나, 워낙에 야망과 포부가 컸으니 성공가도를 달렸겠지? 그가 떠난 것도 내 그릇이 작아서인지도 모르고….

그때, 불현듯 구두닦이 소년의 모습이 떠올랐음은 어인 일이었을까?

어느 날, 그들은 교외선을 타고 야외로 나갔다. 그 당시에 관광지로 널리 알려진 송추라는 곳이었다. 가을의 끝자락이라 시즌이 지난 탓인지 관광객이 별로 없어 주위는 한적하고 쓸쓸했다.

점심때가 되어 둘은 식당엘 들어갔다. 식당이라는 이름만 붙었지, 그냥 시골집이었다. 밥을 먹고 나오니 마루 밑에 놓인 그의 구두가 유난히도 반짝거렸다.

그리고 열 서너 살쯤 돼 보이는 남자아이 하나가 마당에서 서성거리고 있었다.

"누가 구두 닦으라고 그랬지? 나는 구두 닦으란 말 안 했는데?"

소년은 무안해서 아무 말도 못하고 그의 눈치만 살폈다. 그는 구두끈을 천천히 매고 일어서면서 다시 입을 열었다.

"구두 닦으라는 말 안 했는데 네가 그냥 닦아놨으니, 돈 안 줘도 되지?"

정희는 그가 농담을 하는 줄 알았다. 그런데 정말로 돈을 안 주고 그 집을 나서는 것이 아닌가? 뒤통수가 부끄럽지도 않은지 그는 성큼성큼 앞서 걸어갔다.

대학생인데도 불구하고 구두도 옷도 항상 브랜드 네임만 찾는 남자가….

구두닦이 소년이 울상을 하고 바라보는 순간, 그녀는 무슨 큰 죄나 지은 듯 가슴이 철커덩하고 내려앉았다. 그를 따라 나가면서 얼른 지폐 한 장을 소년의 손에 쥐어주었다. 가슴이 두근거리며 얼굴이 화끈거렸다.

한참을 걷다가 그가 말했다.

"돈을 안 주고 왔더니 기분이 찜찜한데…."

그럼 도로 가서 주면 되잖아요? 이렇게 톡 쏘아붙일 걸, 정희는 그가 무안해 할까봐 도리어 신경을 쓰면서 조심스럽게 말했다.

"괜찮아요. 내가 줬어요."

그는 아무런 대꾸도 안 했다. 그녀는 자신까지 무시당한 기분이 들어 몹시 불쾌했다.

그날 밤, 정희는 잠을 이룰 수가 없었다. 여느 때 같았으면 그날로 바로 빠이빠이를 해버렸을 터인데도 그녀의 의지가 말을 듣지 않아 그들은 더 가까워졌다.

그리고 시간이 흐르면서 상황은 바뀌기 시작했다. 인연의 끈을 슬슬 늦추던 그가 결국에는 그 끈을 스르르 놓아버린 것이다. 만나기로 한 날, 그는 나타나지 않았다.

바람이 몹시 부는 어느 겨울밤이었다. 집으로 돌아가는 길이 천리길인양 아득했고 몸과 마음이 무너져 내려 발걸음을 옮기기도 힘겨웠다.

그의 마음을 이미 다 읽었건만 정희의 심장은 머리를 비웃으며 수없이 덜컥거렸다. 전화벨이 울릴 때마다 가슴이 철렁철렁 내려앉았고 수화기를 드는 손이 떨렸다. 상대방이 '여보세요.' 하기까지의 순간은 숨쉬기도 힘들었다.

길을 가다가도 눈물이 주르르 흘렀다. 그가 즐겨 입던 국방색 바지자락만 보아도 눈물이 났고 키 큰 남자의 뒷모습만 보아도 흠칫흠칫 놀라곤 했다. 그녀는 혼자 쥐고 있던 인연의 끈을 놓을 수밖에 없었다.

머리에서는 '잊었다, 잊었다.' 하고 되뇌면서도 가슴에서는 그가 살아 있었다. 생각만 해도 온몸이 시려왔다.

그가 약속을 어기고 연락이 없었으면 그리도 애타게 기다리지만 말고, 그녀가 먼저 전화라도 했어야 하지 않았을까? 그렇지만 이미 돌아서버린 그였기에 정희는 더 이상 비참해지기가 싫었다. 옷깃만 스쳐도 인연이라 했건만 그들은 잘 있어라, 잘 가라, 말 한마디 없이 그렇게 소식이 끊어졌다.

30여 년 전, 대학시절의 이야기… 이제는 빛바랜 소설책의 한 구절이 되어 모두 다 아름다움과 감사로 승화했다. 그가 떠난 것까지도….

소년도 지금은 마흔쯤의 중년이 됐을 것이다. 갑자기 궁금증이 밀어닥친다.

그동안 그는 어떤 삶을 살았을까? 공무원이 되었을까? 아니면 조그만 구멍가게를 하고 있을까? 어려운 환경 속에서 혹시 나쁜 길로 빠졌으면 어떡하지? 절대 그럴 리는 없어. 분명, 어디에선가 행복하게 잘 살고 있을 거야.

착한 아내와 아이가 한 둘쯤 딸린 행복한 가정을 이루고 있었으면 더없이 좋겠다는 생각도 든다.

텔레비전에서 그를 본 탓인지 자꾸만 그가 눈앞에서

어른거린다. 정말 까맣게 잊고 살았는데 갑작스럽게 그와의 추억들이 심심찮게 떠오른다. 하얀 파도가 바위에 부숴지며 정희의 가슴속으로 밀려든다.

'파도소리 들리는 쓸쓸한 바닷가에 나 홀로 외로이 추억을 더듬네…'

그랬다. 그는 노래를 참 잘 불렀다. 그의 노래 소리가 멀리서 희미하게 들려온다. 노랫소리는 점점 가까워진다. 그때 그녀는 "어머나 어쩜, 가수보다도 노랠 더 잘 불러요." 하고 그의 팔에 매달리며 마냥 행복해했었다. 바닷가를 거니는 연인의 모습이 한 폭의 그림이 되어 눈앞에 펼쳐진다.

'그대 내 곁을 떠나 멀리 있다 하여도…'

신문을 들척이다가도 경제면은 제목도 안 보고 넘겨버리기가 일쑤였는데, 혹시나 그의 기사가 있나 하고 눈여겨보게 되는 요즘이다.

그러던 어느 날, 그녀의 눈이 번쩍 뜨였다. 커다란 그의 얼굴이 정희를 보고 씽긋 웃고 있는 게 아닌가? 무슨 상을 또 받았나?

그러나 아니었다. 그가 심장마비로 사망했다는 소식이었다. 놀라운 사실은 그가 우리나라에서 손꼽히는 기업인 미래건설 총수의 사위라는 점인데, 작년에 장인이 죽은 후, 경영권을 둘러싼 처남들과의 분쟁이 고소 사건으로 번져 지금까지도 이어지고 있는 것이었다.

그러니까 그는 재판 도중에 죽은 것이다. 그가 장인과 함께 한국의 경제계를 위해 이루어 놓은 업적이 많은 지면을 차지하고 있었다. 대단한 야망의 소유자에 능력 또한 탁월했다.

유족에는 아내 이름만 달랑 나와 있었다.

세월을 돌이켜 생각해보니, 구두닦이 소년과 정희는 분명히 한배를 타고 있었다. 풍랑을 만나 고전하기도 했으나 지금은 잔잔한 바다 위에서 순탄한 항해를 지속하고 있다.

그 풍랑이 도리어 전화위복이 되었다는 옛 이야기를 하면서…. ✻

삼켜버린 진짜 진주

　수술이 끝난 다음 날이었다. 얼마나 낮잠을 잤는지 눈을 뜨니 벽시계는 벌써 오후 세 시를 가리키고 있었다. 병실을 지키던 마누라는 집엘 다니러 간 모양인지 보이지를 않았다.

　김 노인은 다시 한 번 안도의 한숨을 쉬었다. 아랫도리가 묵직한 것이 오줌이 시원스럽게 나오지 않고 자꾸 찌릿찌릿해 무슨 큰 병에 걸린 것이 아닌가 하고 얼마나 가슴을 졸였는지 모른다. 다행히 큰 병은 아니어서 비대해진 전립선을 특수 시술로 축소시키고 방광에 숨어 있는 결석을 제거하는 정도로 수술은 끝이 났다.

　낮잠은 잘 잤으나 통증은 여전했다. 입안도 텁텁하고 목도 말랐다. 일어나 물을 마시려고 하는데, 납작한 플라스틱 통이 시야에 들어왔다. 그 안엔 제법 큼지막한 알약 한 알이 담겨져 있었다. 보통 콩알보다는 훨씬 큰 것이 강낭콩만 했다. 아침나절에 부탁한 진통 제임에 틀림없었다.

엄살이 심하고 참을성도 없는 김 노인을 누구보다도 잘 아는 마누라이기에 우선 한 알만 부탁한 것 같았다. 간호사가 약을 들고 들어왔다가 김 노인이 잠이 깊이 들어 그냥 놓고 나간 것이 분명했다.

무슨 놈의 약이 꼭 진주처럼 생겼다. 우유처럼 뽀얀 빛깔에 노리끼리하면서도 푸르스름한 기가 약간 돌면서 반질반질 윤기가 났다. 보통 약처럼 그 모양이 정해진 규격에 맞춰 만들어진 것이 아니라 동글납작하면서도 겉면이 파도가 이는 듯 약간 웨이브가 졌다. 광채까지 띤 그 빛깔이 영락없는 천연진주였다.

마누라가 보았더라면 반지를 해 끼겠다고 했을 것이다. 마누라가 보석 중에서도 유난히 진주를 좋아해 김 노인도 진주를 보는 눈에는 일가견이 있다. 마누라한 테 약을 보여주고 싶었으나 통증이 계속돼 그냥 먹어버리기로 작정을 했다.

물로 삼키려고 하다가 그냥 삼키기엔 좀 큰 것 같아 깨물어 보았다. 어찌나 딱딱한지 쉽게 깨물어지지가 않았다. 씁쓸하지도 않고 시큼하지도 않고, 약이라고 느껴지는 아무런 맛이 없었다. 혀끝에 닿는 감촉이 진짜 진주같이 매끈매끈했다. 혀로 슬슬 굴려가며 이빨로 계속 깨물었더니 드디어 동강이가 났다.

그리고 꿀꺽꿀꺽 물을 들이켜고 입가심을 했다. 약을 먹고 나니 통증이 금세 가라앉아 기분이 날아갈 듯이 가벼워졌다. 생긴 모양도 희한하더니 정말 희한하게 잘 듣는 약이었다. 김 노인을 위해 특별히 조제된 약 같았다.

얼마 후, 담당 간호사 샌디가 닥터 챙과 함께 들어왔다. 의사나 간호사나 그 상큼한 젊음이 언제 봐도 기분이 좋아 김 노인의 입가엔 저절로 미소가 떠오른다. 더구나 닥터 챙에게는 같은 동양인이라 그런지 더 친근감이 간다. 닥터 챙도 김 노인에게 아주 친절하게 대해 주어 말이 안 통해도 마음은 통했다.

점검을 끝내고 병실 문을 나갔던 샌디가 금세 도로 들어왔다. 그리고 물 컵 옆에 놓인 빈 플라스틱 통을 의아한 눈빛으로 바라보더니 그것을 손에 들고 김 노인에게 내밀면서 뭐라고 뭐라고 중얼거렸다.

말은 못 알아들었지만 눈짐작을 해보니 그 약을 잘 먹었느냐고 묻는 것이 틀림없었다. 김 노인은 잘 먹었다고 고개를 끄덕거렸으나 샌디는 알아듣지 못하고 계속 물었다. 나중엔 김 노인이 입을 아— 벌리고 손가락으로 입속을 가리키며 물까지 마셔대면서 온몸으로 설명을 했다. 그제야 알아들은 듯했다.

그녀는 놀란 두 눈을 동그랗게 뜨고 "노오 노오"를 연발하더니 병실 밖으로 튀어나가버렸다. 두 손을 모으고 고개를 세차게 흔드는 모습이 긴박한 상황에 처해 어쩔 줄을 몰라 하는 몹시 당황한 태도였다. 뭔가 잘못된 것이 확실했다. 그리고 그것이 약이 아니었다는 사실도 대충 짐작을 했다. 아니 약이 아닌 것이 분명했다.

어찌된 까닭인지 한국말로 술술 물어보면 속이 확 뚫릴 것 같은데 이상하게도 그 병원에는 한국 사람이 한 명도 없었다.

미국에 온 다음부터 그들 부부의 보호자가 된 딸은 항상 미국 병원만을 고집했다. 어쩌다 혼기를 놓쳐 이제는 나이가 마흔에 가까웠다. 공부 때문이었다는 핑계를 대지만, 지금은 공부가 끝났는데도 여전히 결혼은 뒷전이다. 이제는 일에 미쳐 있다.

아들들은 결혼해서 행복한 가정을 이루고 다 잘 살

고 있는데 하필이면 하나뿐인 딸년이 결혼을 않고 있는 것이다. 그것도 아들만 줄줄이 낳다가 만년에 얻은 참말로 귀한 딸인데 말이다. 그들의 소망은 오직 딸이 하루빨리 좋은 배필을 만나 결혼하는 것뿐이다.

처음엔 한국 남자만을 고집했으나 이제는 사람만 괜찮으면 백인도 마다 않는다. 닥터 챙 같은 중국 남자라도 좋을 것 같다. 사실 김 노인은 혼자 은근히 닥터 챙을 사윗감으로 생각한 적도 있다.

영어 잘하는 딸은 퇴근 후에야 병원에 오기로 되어 있었다. 그래도 마누라는 영어를 쬐끔은 알아듣는다. 눈치도 빨라 어림짐작으로 때려잡아도 잘 맞추는 편이고 손짓발짓을 섞어가며 자기 의사도 다 표현을 하는지라 김 노인은 마누라만 눈이 빠지게 기다렸다. 전화를 걸어도 응답이 없어 더 답답했다.

간호사의 행동거지로 봐, 그게 약이 아닌 것은 분명했고 또 먹어서도 안 될 것임이 분명했다.

그런데 그걸 먹은 후에 통증이 씻은 듯이 가라앉질 않았는가? 도대체 어찌 된 영문인지 아무리 생각해도 알 수가 없었다.

기다리던 마누라가 드디어 나타났다. 뭐이 그리 좋은지 헬쑥헬쑥 웃으면서 병실을 들어서는데 그렇게도 반가울 수가 없었다. 답답했던 가슴이 봄눈 녹듯 사르르 녹아내렸다. 길을 잃고 헤매다가 엄마를 만난 듯이 든든했다. 입이 저절로 헤에 벌어졌다.

어깨 너머 창문으로부터 햇살을 받고 서 있는 마누라가 오늘 따라 유난히 젊어 보이고 또 예뻐 보인다. 그들은 둘 다 칠십 고개를 넘었으나 평생을 금실 좋게 살고 있는 잉꼬부부다.

오줌이 시원스럽게 나오지 않고 아랫도리가 자꾸만 찌릿찌릿해 하루는 마누라한테 하소연을 했더니 그녀의 반응이 걸작이었다.

"영감탱이가 주책없이 어디 가서 못된 병에 걸려 가지고 온 거 아녜요? 설마 나한테 옮겨준 건 아니겠죠?"

그러나 그녀는 말과는 달리 호호 웃고 있었다.

마누라한테 진주처럼 생긴 그 약에 관해 자초지종 설명을 했다. 그녀도 고개를 갸웃둥거리면서 어쨌든 샌디한테 물어보자고 했다. 영어가 잘 통하지도 않을 텐데 활달한 그녀는 어느새 쪼르르 병실을 나서고 있었다.

한참 만에 돌아온 그녀는 배꼽을 잡고 깔깔대며 웃

느라고 정신을 못 차렸다.

"당신 말대로 그게 진주는 진주였다고요. 당신이 몸속에 품고 몇 십 년을 길렀으니 어디 조개가 기른 진주에 비하겠어요? 그냥 뒀더라면 기념으로 반지나 해서 낄 걸, 먹긴 왜 먹어치워요?"

머리가 팽팽 잘 돌아가는 마누라에 비해 김 노인은 그렇지가 못한 편이라 얼른 감이 안 잡혔다.

집어삼킨 알약이 몸속에서 기른 진주라니….

"아이구 답답해. 그래도 모르겠우? 그게 바로 이번 수술에서 끄집어낸 돌맹이었다구요. 여기서 꺼낸 돌맹이요."

마누라는 자기의 아랫배를 툭툭 치면서 말했다. 그제서야 감이 잡혔다. 동시에 김 노인의 입에서 튕겨나온 한마디.

"뭐야? 그 약이 밑에서 꺼낸 그거라고?"

"그래요. 밑에서 꺼낸 그거였다고요 그런데 밑에서 꺼낸 그거를 당신이 위로 도로 먹었었다고요. 한데 좀 찝찔하지 않았어요? 그야 아주 맹탕보다는 맛이 좀 나았겠지만요. 호호호."

'밑에서 꺼낸 그거' 라는 말에 잔뜩 힘을 주면서 마누라는 계속 웃었다.

기가 찰 노릇이다. 그 알약은 김 노인의 몸속에서 진주처럼 자라다가 이번 수술로 인해 바깥세상 구경을 한 바로 방광결석이었다.

그것은 오랜 세월 동안 파도에 씻기고 씻겨 반들반들 잘 다듬어져 바야흐로 요도를 향해 미끄러져 내려가던 중이었다. 까딱 잘못했으면 세월 따라 좁아진 통로가 아예 막힐 뻔까지 한 것이다.

간호사는 자기가 보아도 그것이 보통 결석과는 달리 특이하게 생겼고 또 진주처럼 아름다워 원한다면 집에 가져가라고 병실에 놓고 나간 것이라 했다. 병원의 규칙에도 본인에게 주어도 좋다고 되어 있었기 때문이다. 약으로 오해하고 먹어버리리라고는 정말 상상조차 못 했다는 것이다.

"한데, 어쩌자고 아래에서 꺼낸 걸 위로 도로 먹어요? 몇 십 년을 품고 기른 것이라 아까워서 그랬어요?"

한데 그놈을 도로 먹었으니 일이 이제 어떻게 되는 거지? 다시 아래로 내려가서 오줌길을 아주 막아버리면 큰일 아닌가? 이빨로 동강이를 내서 삼켰으니 그것이 계속 자라 이제는 한 개의 진주가 아닌 여러 개의 진주가 될 테니 더 큰일 아닌가?

유머 감각이 뛰어난 마누라는 계속 웃기는 소리를 하다가 갑자기 철학자나 된 듯 제법 심각한 표정으로 말했다.

"그걸 먹고 나니까 금세 통증이 멎었다고 했죠? 그럴 수 있죠. 세상살이가 다 그런 거 아녜요? 약이라 생각하면 약이 되고, 독이라 생각하면 독이 되고…."

그날 저녁, 병원에 들른 딸은 그냥 웃고 넘기라는 아버지의 말에 그럴 수 없다는 것이었다. 김 노인은 그놈을 먹은 것은 순전히 자기 잘못이고 또 창피한 노릇이니 제발 암말 말라고 신신당부를 했으나 딸은 닥터 챙에게 따졌다.

영어도 모르는 노인환자의 병실에 그런 것을 아무런 말도 없이 그냥 놓고 나간 자체가 병원 측의 책임이고, 또 먹어도 괜찮은 것이기에 천만다행이었지만 먹어서는 안 될 것이었다면 어떡할 뻔했냐는 것이다. 닥터 챙은 모든 것이 자기 불찰이었다고 정중히 사과를 했다.

이 일이 인연이 되어 딸은 닥터 챙과 결혼을 했다. 딸한테는 물론 마누라한테도 내색을 않고 혼자 상상하던 일이 현실로 이루어진 것이다.

딸한테 이런 좋은 일이 생긴다면야, 김 노인은 그 결석을 몸속에 다시 품어 이번에는 진짜 진주로 키우고 싶은 심정이다.

하나가 아닌 여러 개의 천연진주로. ✻

가물가물 깜빡깜빡

"이혼이야 이혼— 이번에 못 찾으면 이혼이야— 진짜로 이혼한다고오—."

남편의 언성이 높아졌다.

뭐? 열쇠 잃어버렸다고 이혼을 해? 70이 넘은 나이에? 그깟 일로 이혼했다면 벌써 골백번은 갈라섰겠다.

"언제 외출을 했는지 기억이 안 난다는 건, 열쇠 없어진 지가 오래됐다는 얘기 아냐? 한번 두번도 아니고 벌써 몇 번째야? 어디 열쇠뿐이야. 선글라스도 다 잃어버렸잖아?"

언성은 자꾸 높아지고 눈은 아예 모로 섰다. 입을 꾹 다물고 있자니, 경자 속은 계속 부글부글 끓는다.

"또 냄비란 냄비는 다 태워 먹었잖아? 여자가 왜 그래? 그러다가 언젠가는 집까지 홀랑 태워먹을 게 뻔하다. 뻔해."

주제가 열쇠면 그 얘기 하나로 끝내야지 왜 이런저런 다른 일까지 들추어내면서 마누라 속을 긁어? 쪼잖케시리게….

화—악—! 한 번 뒤엎어버려? 하지만 이내 생각을 고쳐먹었다. 어쨌든 원인 제공자는 자신이 아닌가?

"이젠 정말 나도 지겹다 지겨워. 맨날 따라다니며 챙겨줘야 하니 나도 지쳤다고. 다른 집은 남편 치다꺼리를 와이프가 해준다는데 우리 집은 완전 거꾸로 됐다고."

언제는 따라다니며 챙겨주는 것이 행복하다고 살랑거리더니, 이젠 맘이 변했다 그거지? 그렇지만 지금은 입이 열 개라도 할 말이 없는 경자라 목구멍으로 말을 삼키는 수밖에 없었다. 그의 말대로 가물가물 깜빡깜빡이 한번 두번이 아니니 화를 낼 만은 하다. 자기는 그런 일이 아직 한 번도 없었으니까.

하여튼, 열쇠뿐만이 아니라 안경, 골프채 휴대폰 등등, 본인 물건 챙기는 데에는 아주 철저한 남편이다. 아내의 입장에서 볼 땐, 고마운 일이기도 하련만, 경자는 그렇지가 않다. 얄밉다.

그녀는 열쇠를 찾는 척하며 서재로 슬쩍 피했다. 다

행히 남편이 따라 들어오지는 않았다. 길길이 뛴다고 발 달린 열쇠가 놀라 튀어나올 리 만무이고, 이왕지사 일은 벌어졌는데, 좀 점잖고 존경스런 남편 노릇을 하면 얼마나 좋을까?

컴퓨터를 켜놓고 우두커니 앉았는데 문 닫는 소리가 쾅! 하고 들렸다. 얼른 창가로 가 바깥을 내다보았다. 자동차를 타자마자 그는 급하게 시동을 걸었다. 보통 때보다는 더 큰 소리가 부르릉거렸다.

경자도 요즘, 기억력이 뚝 떨어진 것을 실감한다. 가물가물 깜빡깜빡 가물가물….

외출을 하려고 여기저기 열쇠를 찾다보면 가방을 든 손가락에 키가 걸려 있질 않나, 어느 땐 약도 안 먹고 핸드폰도 두고 나와 도로 집엘 들어가서 일단 약 먼저 먹고, 핸드폰 찾느라 또 시간을 잡아먹는다.

그럴 땐 전화를 걸어보는 수밖에. 이제는 귀도 갔는지 소리는 들리는데 어디서 들리는지 감을 잡을 수가 없어 이방 저방을 헤맨다. 그러다가 찾고 나면 이젠 또… 손에 들고 있던 열쇠가 없다.

어디 그뿐이랴? 식당에서 나와서도 맡겨놓은 키를 찾느라 가방을 뒤지지를 않나. 키뿐이 아니다. 안경이 한두 개가 아닌데 다 어딜 갔지? 하고 집안 구석구석을 헤매다보면 안경은 벌써 귀에 걸려 있다.

한 번은 텔레비전 리모컨트롤을 전화기 받침대에 꽂으면서 이게 왜 맞지가 않아? 하다가 폭소를 터뜨린 적도 있다.

친구들이 모여 이게 치매니? 건망증이니? 하고 쏟아놓는 이야기들에 비하면 경자는 그리 중증은 아니었다. 별 희한한 일들이 많아 배꼽을 잡고 웃다가 결론은 다 건망증 쪽으로 나기 마련이다.

어느 친구는 시장을 잔뜩 봐놓고 카트는 마켓 바닥에 놔둔 채, 달랑달랑 빈손으로 집으로 왔었다. 몇 시간이 지난 후, 저녁을 먹으려고 냉장고 문을 여니, 아니 이게 어찌 된 일이지? 냉장고가 텅텅 비어 있더라는 것이다. 그때야, 아차 하고 부랴부랴 마켓으로 도루 갔다니….

열쇠를 어디다 놓았는지를 몰라 찾아 헤매면 그건 건망증이고, 열쇠를 손에 쥐고 이게 뭐하는 물건이지? 하고 요리조리 살피면 그건 치매란다.

경자는 본격적으로 열쇠 찾는 작업에 들어갔다. 침대 위에 널브러져 있는 옷들을 착착 걸고 시트까지 들쳐보았다. 누구는 냉장고에서 전화기를 찾았다기에 냉장고 안도 들여다보았다. 재킷 등, 바지 호주머니까지도 다 뒤져보았다. 심지어 휴지통까지 쏟아보았으나 열쇠는 나오지 않았다. 물론 방, 거실 부엌 할 것 없이 구석구석 보고 또 보았다. 보통 때는 들지 않는 핸드백까지 백이란 백은 다 뒤져보았다.

현관에 있는 장식장 거울 앞이 열쇠 놓는 자리다. 거기에 없으면 핸드백 안에 있거나 어디에 있거나 두루두루 찾으면 별 탈 없이 찾곤 했는데 이번에는 아무리 뒤져도 오리무중이다. 열쇠가 한두 개가 아니고 한 뭉텅이가 달렸으니 어디 사이에 끼일 리도 없다.

경자는 자신을 믿을 수가 없어, 혹시 남편 열쇠를 놓아두는 곳에 두었나 하고 안방 침대 왼쪽 스탠드 아래까지도 살펴보았다. 밖에서 잃어버렸을까도 생각해봤으나 그건 절대 아니었다.

정말 기가 막힐 노릇이다. 남편이 주로 운전을 했고, 요즘은 혼자 나간 적이 거의 없어 언제 열쇠를 사용했는지조차도 가물가물 생각나지 않는다. 기억을 더듬어 거꾸로 쳐 올라가봤다. 그래도 감감했다.

열쇠를 새로 만들려면 돈이 300달러가 넘게 든다. 남편한테 욕먹는 것보다 돈 들어가는 것이 더 속상하다. 보나마나 남편은 지금 열쇠 만들러 간 게 분명하다. 예전에도 그랬다. 며칠을 참지 못하고 후다닥 튀어나가 열쇠를 주문했었다. 그런데 만든 지 사흘 만에 찾았다. 아깝게 돈만 날려버려, 왜 저렇게 남자가 참 을성이 없을까 하고 돌아서서 중얼거렸다.

해가 서산에 걸렸는데도 남편에게서는 소식이 없다. 슬슬 걱정이 되었다.

길을 잃어버린 건 아니겠지? 아니아니 절대 그럴 리 는 없어! 화가 나서 나갔는데 또 혹시, 교통사고라도 난 게 아닌가 하고 몹시 불안했다. 별의별 상상이 머 리를 자꾸 어지럽혔다.

드디어 남편의 차 소리가 났다. 그렇게 반가울 수가 없었다. 후닥닥 뛰어나가고 싶은 충동을 겨우 눌렀다.

금세 현관문을 열고 들어와야 할 그가 소식이 없어 내다보니, 옆문을 열고 뒤뜰로 가서 창고 안으로 들어 갔다. 온갖 잡동사니 연장들을 보관하고, 페인트를 칠 하거나 지붕에 올라가야 할 일이 있을 때 입는 작업복 들을 걸어두는 곳이다.

한참이 지난 후에 남편이 경자 앞에 나타났다. 한데

뜻밖에도 잃어버렸던 열쇠 뭉치를 들고 있지 않는가? 얼른 열쇠를 뺏어들었다. 자신도 모르는 사이에 말이 총알처럼 튀어나왔다.

"아니⋯. 이거 내 키잖아? 어디서 찾았어요?"

남편의 입에서 금세 한 옥타브 올라간 소리가 나올 것 같아 단단히 각오를 했다. 한데 그의 자세가 왠지 엉거주춤하고, 표정 역시 어설폈다. 게다가 말도 더듬 거렸다.

"며칠 전에 내가 당신 키로 옆문을 열고 들어가 창고 정리를 했거든⋯ 근데 말야⋯ 그러니까⋯ 그때 입고 있던 작업복 바지 주머니에 키를 넣어놨나 봐. 그리고는 그만 깜빡했네."

세상에⋯ 이럴 수가? 자기가 깜빡해 놓고 나한테 뒤집어씌워?

순간, 경자 입에서 벼락 치는 소리가 따발총처럼 튀어나와야 마땅하다.

뭐라고? 깜빡했어? 그래 놓고 뭐? 나한테 이혼하자고? 당신 혹시 치매 걸린 거 아냐? 맞네. 맞아. 완전 치매네 치매. 내일 당장 병원에 가보라구우우우⋯.

이렇게 소릴 지르며 '이혼'을 '치매'로 복수작전 개시를 해야만 했다.

아침에 이혼이란 두 글자를 입에 담으며 소리를 지른 그와 똑같이….

그런데 그게 아니었다. 이상하게 마음이 지극히 잔잔했다. 남편이 집에 무사히 돌아온 것만도 감사했다. 뭐랄까, 동지가 생긴 것 같은 야릇한 위로감이 들었다. 그리고 시 구절이 하나 떠올랐다.

가물가물 깜빡깜빡 속상한 그 심정
이제는 아시려나
같이 늙어가는 사람아 ✝

아버님의 여자

오늘이 아버님 장례식 날이다. 뜬눈으로 밤을 지새운 민지는 몸도 마음도 천근만근이다. 가슴 한복판에 커다란 돌멩이 하나가 얹혀 있는 것 같다.

아버님이 돌아가신 후 예상치 못한 일이 발생했다. 법적으로 어엿한 아버님의 부인인 여자가 걸림돌이 된 것이다.

민지의 남편은 그녀가 아버지와 함께 산 세월이 근 20년이니 부인으로 예우를 해주어야 한다고 조심스레 주장했다. 하지만, 시누이 셋은 반대를 했다. 큰시누는 팔팔 뛰면서 완강히 반대했다. 부고에 이름도 넣지 말아야 하고 장례식에서도 절대로 부인 예우는 안 된다고 강경하게 우겨댔다. 입관식, 장례식 순서지에도 이름을 빼라고 했다.

민지는 안다. 왜 저렇게 방방 뛰는 건지… 아버님의

재혼 당시, 그리고 한참 세월이 흐른 후에도, 큰시누는 아버님 재혼 사실을 비밀에 붙여야 한다고 당부를 했으니까.

아버님의 부인인데도 불구하고, 그분은 가족 누구로부터도 '어머니'라고 불리운 적이 없다. 아이들이 할머니라고 부르니 모두들 '할머니'라고 불렀다. 아들도 며느리인 민지도, 딸들도 사위들도, 심지어 남편인 아버님까지도 그렇게 불렀다.

공교롭게도 큰딸과 그녀는 동갑이다. 법적으로는 어엿한 모녀지간이지만 둘은 나이가 같다. 둘 다 78세이다. 동갑인 두 여자를 모녀지간으로 만든 주인공, 한 여자에게는 남편이요, 또 한 여자에게는 아버지가 되는 바로 그 남자가 세상을 떠난 것이다.

그 남자는 100년이라는 한 세기를 꽉 채우고 고요히 눈을 감았다.

결국, 딸들의 의견대로 모든 일이 진행되어, 가족사항 맨 윗줄에 올라야 할, 부인 아무개라는 이름은 아예 흔적조차 없이 사라지고 말았다.

남편은 아무 말도 안 했다. 아니 못 했다. 그야, 큰누나는 집안의 가장으로서 동생들을 다 공부 시켰고 공부 욕심 없는 자신을 등 떠밀어 박사학위까지 따게 해주었으니 우기지 못했을 것이다.

누나 셋에 막내인 아들은 워낙에 발언권이 없다. 그리고 하나밖에 없는 아들인데도 불구하고 무슨 소식이든 간에 항상 맨 꼴찌로 접한다. 똑똑한 세 누나에 치어서 뭐든지 항상 꼴찌다. 그러니… 며느리인 민지는 오죽하겠는가? 하느라고 해도 무시당하는 기분에 발칵발칵 화가 날 때도 많으나 입도 벙긋 못하고 산다.

모든 일은 '아버님의 여자'인 그분이 없을 때 진행이 되었지만 나중에 결과를 알고도 그녀는 아무 말이 없었다. 영주권도 없이 그냥 미국으로 굴러 들어와서, 아버님과 결혼함으로 시민권까지 획득하고, 모든 혜택도 받고 있고, 더구나 큰시누로부터는 매달 용돈도 듬뿍듬뿍 받았기 때문인지도 모른다. 아버님이 살아 계실 때는 그렇게 잘하던 큰시누가 돌아가신 후에는 완전히 돌변을 한 것이다.

어머님 돌아가시고 채 1년도 안 됐을 때였다. 하루는 아버님이 결혼 얘기를 꺼냈다. 다른 사람 얘기가 아니라 본인이 결혼을 해야겠다는 것이었다. 깜짝 놀

란 딸들은 물론, 아들까지도 아주 강력히 반대를 했
다.

"지금 도우미 아줌마가 하루 종일 돌봐드리고 있고,
효부 며느리가 가까이 살면서 자주 드나들고 있는데,
뭐가 부족하세요? 그만함 복 많은 줄 아세요."

효부? 의무에 얽매어 하는 행위도 효부라고 할 수
있을까?

아버님 얼굴이 붉으락푸르락하는데도 큰딸은 개의
치 않고 계속 말을 이었다. 언성까지 높아졌다.

"남들이 알면 뭐라 그러겠어요? 집안 망신이에요.
집안 망신! 자식들 얼굴에 똥칠하고 싶으세요? 그 연
세에 결혼은 무슨 결혼이에요?"

그때 아버님은 82세였다.

아버님은 강력했다. 외로워서 못살겠다는 것이다.
혼자 자다가 밤에 죽을까봐 무서워 죽겠다면서 큰 소
리로 한마디를 덧붙였다.

"왜 내 나이가 어때서? 나이 많다고 맘도 늙은 줄
아느냐? 내 맘은 아직도 이팔청춘이다. 이팔청춘…
이팔청춘이라구…."

세 번씩이나 이팔청춘을 외치며 뒷말을 길게 늘어뜨
렸다.

이팔청춘? 이팔이든 팔이든, 그 답은 십육이니 맞는 말이기도 하다. 바로 하나 거꾸로 하나 청춘은 청춘이니까.

민지는 이미 알고 있었다. 한번은 아버님 모시고 마켓에 갔었는데, 거기서 웬 여자를 만났다. 아버님 얼굴에 희색이 만연하셨고 그 여자 역시 엷은 홍조를 띠며 표정이 환해졌다. 이팔청춘이 무색하리만치 두 사람은 새파랗게 젊어 있었다.

아버님은 어쩔 수 없었는지 며느리인 민지에게 다 털어놓으면서 너만 알고 있으라고 신신당부를 했다. 민지는 상대방의 말은 일단은 다 잘 들어주는 성격이라 아무런 대꾸 없이 "네. 네" 했었다.

82세 나이가 도저히 믿기지 않을 정도로 아버님은 정신도 총명하셨고, 자세도 꼿꼿했으며 얼굴도 70세 못지않게 젊어 보였었다. 눈도 귀도 다 밝았다. 돋보기 없이 신문을 줄줄 읽을 정도였으니… 더구나 말씀도 잘하시고 매사에 박식하셨다.

장례식에는 그녀가 나타날 것이다. 아무리 칼자루를 쥐고 있는 사람이 큰딸이라 하더라도 장례식에 오지 말라는 말까지 할 수는 없을 것이다. 나타나면 과연

김영강

어떤 일이 벌어질까? 차라리 안 오면 얼마나 좋을까?

일찌감치 도착한 민지는 깜짝 놀랐다. 입구에서부터 엘에이 꽃집의 꽃이란 꽃은 다 동원한 것처럼 화환이 즐비하게 늘어서 있었다. 널따란 장례식장 가장자리까지 빈틈없이 화환들이 들어차 있었다.

조문객들이 줄을 이었다. 새까만색의 정장을 한 그들의 모습에는 귀티와 부티가 줄줄 흘렀다. 목에도 귀에도 보석들이 주렁주렁 걸렸다. 장례식이 무슨 상류사회 사교클럽 파티인 줄 아나?

잘나가는 세 딸들의 위력이다. 아마도 큰딸의 영역이 가장 클 것이다. 그녀는 인맥을 아주 잘 관리한다. 명예와 체면에 목숨을 건다 해도 과언은 아니다.

'체면이 그렇게도 중요한가?'

민지는 속으로 조용히 투덜거렸다.

동생들에 비해 외모도 학벌도 훨씬 뒤떨어지는 올케 민지를 큰시누는 부끄러워한다. 그것도 그녀의 체면을 손상시키는 일일까?

조의금은 모두 그녀에게 주기로 정해졌었다. 큰딸이 낸 방안이다. 참 잘한 결정, 마땅한 결정이다.

그러나 장례식장 입구에는 "조의금은 정중히 사절

합니다."라는 커다란 팻말이 서 있었다.

　장례식이 시작되기 직전까지도 그녀는 나타나지 않았다. 민지는 계속 눈길을 멈추지 않고 '제발 오시지 마세요. 오시지 마세요.' 하고 입속으로 되뇌고 또 되뇌었다. ✻

방울토마토는 장님

이쁘니, 춤선생

욕심도 병이련가

재앙인가, 선물인가

점순이, 우리 점순이

정
해
정

전남 목포 출생. 미주한국일보 문예공모 시 등단, 미주중앙일보 소설 당선. 한국아동문예 아동문학상, 가산문학상, 고원문학상 수상. 저서로는 동화집 『빛이 내리는 집』, 그림이 있는 에세이 『향기등대』, 그림이 있는 시집 『꿈꾸는 바람개비』, 글벗동인 소설집 『다섯 나무 숲』 등, 7권의 책 출간. 미주아동문학가협회 회장 역임. 현재 글마루문학회 회장, 미주가톨릭문인협회 회장, 미주한국문인협회 이사. hejungla@hanmail.net

방울토마토는 장님

정자 씨는 노인아파트로 이사 오면서 걸어서 다닐 수 있는 거리의 성당을 찾았고, 단골 미장원도 성당 근처로 바꾸었다. 미장원은 작고 평범한 곳으로 성당을 오가는 노인네들의 휴식처이기도 했다.

미장원은 나이 지긋한 원장과 어리고 유독 피부가 하얀, 아직 소녀티를 벗지 않은 젊은 미용사가 살림을 꾸려가고 있다.

미용사는 여리여리한 예쁜 소녀인데, 또래 남자를 사귀어 동거하다가 임신을 하자 남자가 도망을 가버렸다고 한다. 그녀는 친절하고 사근사근한 성격에 손끝이 야무져 손님들이 하나같이 그녀의 팬이다. 정자 씨도 스르르 빠져 팬 중의 한 사람이 되었다.

어느 날, 정자 씨는 날을 잡아 머리 염색을 하러 미

장원에 갔다. 손님 머리를 감기던 미용사가 갑자기 배가 아프다며 미장원 바닥에 뒹굴었다. 다행히 타운 안에 정자 씨의 먼 친척이 산부인과를 경영하고 있어 급히 그녀를 그 병원으로 데리고 갔다. 응급실로 실려 간 그녀를 진찰한 의사 선생 말이 아이가 곧 나오려 한다는 것이었다.

"선생님! 수술해 주세요. 네? 아이를 살려주세요. 네? 이 아이는 내 생명이에요. 선생님…."

정자 씨는 미용사를 병원에 입원시키고 집으로 오는 길에 꽃집에 들렀다.

'아! 방울토마토!'

방울토마토는 손톱보다 더 작은 별 같은 하얀 꽃이 피었는가 하면 어느새 콩알보다 작은 열매도 맺혀 있었다. 정자 씨는 미용사가 방울토마토 같은 예쁜 아기를 순산하길 바라며, 아기를 낳으면 선물해야지 맘먹고 무거운 화분을 사들고 왔다.

우선 햇빛 잘 드는 거실에 자릴 잡았다.

그러나 큰일이 났다!

아기가 뱃속에서 7개월 만에 제왕절개로 세상에 나오긴 했지만, 시신경이 눈에 닿기 전이라 앞을 볼 수가 없다는 것이다. 아기는 손바닥만한 몸에 주사 줄을 줄줄이 달고 인큐베이터로 들어갔고. 아기 엄마는 표시도 못 내고 밤이고 낮이고 꺼이꺼이 울기만 했다. 그리고 아기는 인큐베이터에서 6개월을 살다가 퇴원했다.

"어머머! 아이구 이뻐라! 이 아기 좀 봐! 이 쌍꺼풀 좀 보라니까! 완전 인형이네, 인형! 엄마와 붕어빵이네…."

미용사는 손님들의 이런 소리를 들으면서 뜨거운 눈물을 속으로 삼켰다.

정자 씨가 아기를 안고 성당에 세례를 받으러 갔다.

수녀님은 아기의 세례명을 '눈의 수호신'인 '루시아'라고 지어주셨다. 물론 정자 씨가 대모가 되었다. 미장원에 출근해야 하는 미용사의 아기는 대모인 정자 씨가 봐주기로 했다.

예쁜 인형, 우유빛깔의 '루시아'는 무럭무럭 자랐다. 떠듬떠듬 말을 배우면서 미용사를 '엄마'라 부르고, 정자 씨를 '맘'이라 불렀다.

하느님은 사람에게서 하나를 거두어 가시면 다른 하나를 더 주신다 했던가? 루시에게는 귀와 손의 감각을 특별히 더 주신 것 같다.

빨간 예쁜 방울토마토가 주렁주렁 익어가는 거실에서 양털보다 더 보드라운 아가 루시를 안고 있으면 정자 씨는 이 세상에서 제일 행복한 사람 같아 절로 노래가 흥얼거려진다.

루시는 맘의 얼굴을 쓰다듬다가 귀걸이가 달랑달랑하면 까르르 웃는다.

"아가! 이쁜 내 아가! 세상에는 성한 눈을 가지고도 아무것도 못 보는 사람이 얼마나 많으냐? 너는 세상 사람이 못 보는 것을 죄다 보렴! 죄다! 죄다…."

정자 씨는 잘 익은 방울토마토 하나를 따서 루시에게 주면서 말한다.

"봐!봐! 이 빠알간 색깔. 아가야, 너의 한국 이름을 짓는다면 '방울'이라고 하고 싶구나."

루시는 알아들었는지 또 까르르 웃는다.

루시의 돌잔치 날이 왔다. 정자 씨는 선물로 진달래색 원피스를 포장하면서 중얼거린다.

"이 이쁜 색깔을 루시가 볼 수 있다면 얼마나 좋을까? 하기야 사람이 사람을 만드는 세상인데 언젠가는 루시도 볼 수 있을 거야! 암. 볼 수 있고말고…."

정자 씨는 차가 막혀 좀 늦게 행사장에 도착했다. 행사는 이미 시작되었고, 돌잔치 손님은 아이들이 많아 시끌벅적했다. 정자 씨는 루시를 찾으려 두리번거렸다.

맨 앞에 루시보다 훨씬 커다란 색동 한복에 족두리를 쓴 아이.

사회를 보는 젊은 남자의 마이크 소리.

"여보세요! 조용히들 하세요! 루시가 돌잡이를 했어요! 돈도, 쌀도, 실타래도, 청진기도, 아닌 펜을 잡았어요. 커서 박사가 될 모양입니다. 박사요. 박사!"

정자 씨는 울컥 눈물이 나왔다. 왜 그랬을까?

그 순간이었다. 정자 씨 눈앞에 한 폭의 그림이 펼쳐졌다.

"아가야! 내 이쁜 아가야! 파랑색 하늘을 가슴에 품고, 샤갈의 그림에서나 볼 수 있는 환상의 나라를 흰 구름 타고 지팡이도 필요 없이 나랑 함께 원 없이 달려보자."

이때 빠알갛게 익은 방울토마토의 노래 소리가 들려왔다.

"아기 장님 루시는 눈이 손이래요~~.

아기 장님 루시는 손이 눈이래요~~" ✳

이뿌니, 춤선생

드디어 노인아파트 입주허가가 나왔다. 남편이 떠나고 바로 신청을 했으니, 근 8년 만이다.

노인아파트란 하늘로 가는 기차, 마지막 정거장으로 살 만큼 산 노인네들이 오순도순 모여 사는 곳이 아닌가?

수정 여사는 생각만 해도 마음이 설레었다. 그리고 주름투성이 얼굴에 평화와 기쁨이 가득한 그들의 모습을 떠올리니 그녀 역시 행복했다.

그런데 막상 들어와 보니 아주 많은 착각이었다. 보통 사람들보다 더 양보심이 없고 옹졸하고 욕심만 가득한 곳이었다.

"타미 죽었다는 얘기 들었어?"
"뭐야? 101호 타미가?"

"며칠 전에 순경 둘이 타미 어깨를 붙잡고, 질질 끌고 가는 것을 이 두 눈으로 똑똑히 봤는데?"

"그래! 타미는 긴 다리를 죽 뻗고 안 끌려가려고 욕을 욕을 해대고…."

"정신병원으로 간 거는 확실한데, 괜한 소문이지 죽지는 않았을 거야. 죽으면 억울해서 안 되지 안 돼. 이 뿌니 년은 지금 하와이 여행 가서 떵가떵가 자알 놀고 있을 텐데 말야."

"돼! 돼! 나쁜 년."

TOM JACKSON

우리 노인아파트에서는 그를 '타미'라 부른다. 몸이 아주 건장하고 잘 생긴 흑인이다. 동글한 얼굴에 커다랗게 쌍꺼풀진 눈이 약간 처져 순하게 보이고, 두꺼운 입술은 끝이 약간 올라가 귀엽기까지 하다. 동양 피가 섞여서인지 피부 색깔이 아주 까맣지도 않다. 아버지가 한국전에 참전해서 동두천에서 여자를 만나 자기를 낳고 미국에 온 것을 아주 자랑스럽게 생각한다. 타미는 자기 고향을 말할 때 '똥뚜천'이라 했다.

그는 미국에서 고등학교를 졸업하고 군대에 갔다 와서 역시 한국여자와 결혼을 했다. 그래서 그런지 웬만

한 한국말은 소통이 된다. 와이프가 잔디 깎는 멕시컨과 바람이 난 것이 소문이나 동네 개도 다 아는데 타미만 모르다가 어느 날 발각이 돼 바로 이혼하고 노인아파트에 들어왔다.

이쁘니, 춤선생

TOM의 내연녀. 한국에서 중학교를 다니다 말고, 동네 남자아이하고 가출해 버림받고, 여기저기 떠돌다가 '인생 한번인데 어디 한번 '화끈하게 살아보자.' 하고 맘을 먹었다.

미국이란 나라에 가면 화려하고 화끈하게 살 것 같았다. 여기저기 아르바이트를 해서 돈을 모아 미국 관광여행에 합류를 했다. 2주 동안 여행을 마치고 마지막 날 계획대로 숨어버렸다. 당장 살 곳이 막막해 먹여주고 재워주는 설렁탕 집에 취직을 했다. 허드렛일을 하면서 바쁠 때면 카운터도 보고, 그럭저럭 지내면서, 손님들이 자기한테 '이쁘니'라 했다면서 지금부터 자기 이름을 '이쁘니'라 불러달라고 했다.

여기서 살려면 영주권이 제일 필요하다는 것을 알았다. 모든 사람이 영주권으로만 보였다. 단골손님 중

돈은 좀 있어 보이나, 어릴 적에 소아마비를 앓았다는 인상 좋은 남자에게 접근하기 시작했다.

거동이 불편해 앉아서 일하는 구두 수선공이다. 그는 열심히 일해서 집도 사고, 번듯한 가게도 연 시민권자였다. 영주권, 영주권, 오직 영주권….

결국은 착하디착한 남자를 이혼을 시키고, 나이는 약간 해당이 안 되지만 장애자라는 명목으로 노인아파트에 들어와 살림을 차렸다.

이뿌니는 머리를 노랑색으로 물들이고, 눈가엔 두껍게 문신을 하고…. 날마다 살판났다. 이집 저집 놀러 다니며 화투도 치고, 라인댄스에 등록을 하여 춤추러 다니느라 바쁘다.

수정 여사가 노인아파트에 막 이사를 와서 짐도 안 풀었을 때다 노인아파트와는 안 어울리는 젊어 보이는 여자 하나가 덕지덕지 화장을 하고 여기저기 설치고 다녔는데, 그 여자가 바로 이뿌니였다. 모양새가 놀랍고도 참 희한했다.

이뿌니는 원래 춤에 소질이 있었던지, 아니면 하고 다니는 꼬락서니가 너무나 눈에 띄었던든지, 항상 맨 앞자리에서 라인댄스를 하는 그녀를 보고 수강생들은 춤선생이라 불렀다.

기다렸다는 듯이 영주권을 받은 다음해 이뿌니 남편이 교통사고로 죽었다.

이뿌니는 생각이 따로 있어, 아파트 지하주차장을 천천히 돌아보았다. '아! 하얀 렉서스' 저게 누구 차일까? 그 길로 수소문해보니 바로 TOM의 차였다.

서로 외롭고 씽글인데 뭐시 문제여?

"저번 날은 명품 신상이라며 손바닥만 한 가방을 4천5백 불 주고 샀다며 자랑을 하데."

"그것 뿐이여? 지난 추석 무렵 밍크코트가 반값이어서 샀다며 입고 살랑거리드먼!!"

"지랄도 풍년이다. 여기서 밍크코트가 뭔 소용 있다고."

"어떤 이는 한국서 이민 올 때 가져온 밍크코트를 자랑하고 싶고, 여기는 춥지도 않지만, 그래도 자랑은 하고 싶어 교회에 입고 가서 부채질 하고 있었다드먼! 지랄도 풍년이다."

"아이구, 타미만 불쌍하지. 타미 군대 연금을 마구 쓰고 다니니, 쯧쯧."

"잠 한번 자주고 체크에 싸인 받고 돈 관리를 다 지가 하고….."

"타미가 싸인해 준 체크가 서랍에 하나 가득이래….."

"흥! 이뿌니 좋아하시네! 눈두덩이 시커먼 '노랑너구리'가 더 어울린다 하하하."

"요즘은 타미가 건강이 아주 나빠졌나 봐요. 그렇게 애지중지하던 차가 찌그러졌길래 우리 영감이 물으니 병원에서 알츠하이머라고 했대요. 차선을 똑바로 가는 것 같았는데 다른 선으로 가고 있다가 부딪쳤다네요."

"옆집 아줌마가 이뿌니 보고 타미가 건강이 안 좋으니 병원을 데려가든지, 전처한테 연락이라도 해보라 했더니 뭐란 줄 알아요? 연락해봤더니 전처 말이 자기는 서류상 남남이라고 펄쩍 뛰더래요. 그래서 저렇게 아픈 사람 그냥 둘 꺼냐 했더니요… 허허 참! 기가 막혀! 자기도 서류상 남남이라 하더래요. 그리고 더 싸가지 없는 것은 '아무려믄 내가 껌둥이하고 어울리기나 해?' 글쎄 그러더라네요."

"에끼! 나쁜 년! 천벌 받을 년! 불쌍한 타미 단물 다 빨아먹고 쓰레기 버리듯 버려? 나쁜 년!"

그러고 보니 타미가 몸이 안 좋아 보이고, 치매증상
도 역력했던 것 같다. 노인네들은 모이기만 하면 이뿌
니 뒷말하느라 바빴고, 타미 역시 불평을 쏟아 놓았었
다.

"이뿌니가 차를 5백 불에 팔았다고 지 주머니에 넣
고 매니저와 짜고 내 열쇠 다 뺏어갔어요. 사기꾼….
냉장고에서 고기도, 과일도 다 매니저 갖다 줬어요.
나쁜 년."

그 후….

그렇게 인상 좋던 타미는 어딜 가고 정신 나간 남자
하나가 속옷 바람으로 낮이고 밤이고 집집마다 초인
종을 누르고 다니며 악을 쓴다.

"우리 이뿌니 여기 있써? 내 돈, 내 돈 내놔!"

주민 중 누군가가 하도 성가셔 사무실에 연락해서
결국 타미는 병원으로 실어갔다. 그리고 그 후의 소식
은 아무도 모른다.

아무것도 모르고 타미 돈으로 하와이에서 띵가띵가
놀고 있을 이뿌니 춤선생….

하와이~~

저 파랑색 하늘에 떠다니는 바람의 친구인 하얀 구름은 알고 있을까?

수정 여사는 고개를 젖혀 하늘을 보며 한숨을 크게 쉰다.

하늘로 가는 기차는 언제나 오려나?

정말, 하늘로 가는 기차는 오기는 오는 걸까? ✈

욕심도 병이련가

분도 씨는 미국에 이민 온 지 15년째 되는 50을 갓 넘은 남자다. 이민 1세대로 부지런하고 꼼꼼하며, 아주 소심한 성격의 소유자이기도 하다. 어렸을 때 아버지를 잃고 어머니랑 단둘이 가난하게 살아, 시골에서 중학교만 졸업하고 동네 면사무소에 사환으로 들어갔었다.

어머니가 지병으로 돌아가신 후, 분도 씨는 검정고시를 거쳐 고등학교를 졸업했다. 그리고 정식 공무원이 되었다. 순하고 착한 여자를 만나 결혼한 후에는 앞만 보고 열심히 돈을 모아 20년 만에 작은 아파트도 장만을 했다.

미국에서 사업을 한다는 친척 형이 고향을 다녀가면서 분도 씨는 이민바람이 들었다. 미국은 일한 만큼 돈을 벌 수 있다는 말에 푹 빠져버렸기 때문이다. 그는 결국 아파트를 팔아 가지고 이민 길에 올랐다. 공항에 마중 나온 형네 집으로 일단 가서 짐을 풀었다.

형 따라 다니면서 입 막히고, 귀 막힌 생활을 열심히 했으나 결국은 형에게 전 재산을 몽땅 날리고 말았다. 막막히 있던 차에 밤 청소하는 회사에 들어갔다. 그러나 얼마 지나자 사장과 대판 싸움을 하고 일한 값도 못 받고 뛰쳐나와버렸다. 밤이나 낮이나 형과 청소회사 사장을 향해 이를 갈고 또 갈았다. 이빨이 부서지도록.

분도 씨는 이 땅에서 살길이란 오직 돈뿐이라고 생각했다. 그래야 복수도 할 수 있기 때문이다. 그는 이를 악물고 물불 가리지 않고 돈이 생기는 일이라면 무조건 덤볐다. 체면도, 양심도 버리고 심지어 도둑질도 마다하지 않았다.

마침 한인 타운에 빚 때문에 문을 닫은 식당이 있어, 거저랄 정도에 인수를 했다. 아내와 함께 깜깜한 새벽부터 밤늦게까지 목숨을 걸고 매달렸다. '무자식 상팔자'라고 자식이 없는 것도 복이라고 생각했다. 아내가 집 가까운 식당에서 설거지를 한 경험도 복이란 생각이 들었다. 물론 돈이 아까워 술, 담배는 입에 대지도 않았다.

첨에는 원 베드룸 아파트도 못 얻고 스튜디오에서

공동 부엌, 공동 화장실을 쓰다가. 화장실과 부엌이 따로 있는 원 베드룸 아파트로 옮기니 천국이 따로 없었다.

분도 씨는 왕복 네 시간을 걸어서 출퇴근 했다. 운동도 되고 꿩먹고 알먹는 격이라 좋았다. 자동차 페이먼트, 개스값, 보험료를 생각하면 이것도 돈을 버는 것이라 생각하니 마음이 뿌듯하기만 했다. 첨에는 서툴렀지만 죽을힘을 다해 열심히 일을 한 탓에 손님이 늘기 시작했고 바빠지자 할 수 없이 직원을 쓰게 되었다.

식구들 먹는 밥도 아까워 자기들은 삶은 달걀이나 라면으로 끼니를 때우고, 직원들이 먹는 밥은 꼭꼭 적어 두었다가 월급날 여지없이 재하곤 했다. 그런가 하면 손님이 실수로 놓고 간 지갑이나 옷까지도 재빨리 챙겨 시치미를 때곤 했다.

분도 씨 내외의 악착 같은 정성인지, 부지런함인지, 거기에 운이 따랐는지, 식당은 날로 번창해서 좀더 큰 식당으로 바뀌고 또 바뀌었다.

세월은 흘러 분도 씨는 타운에서 손꼽히는 그럴듯한 식당을 경영하며 분점도 내고, 다운타운 외곽에 버젓한 집도 마련하고, 일본산 자동차도 두 대씩이나 있는 남부럽지 않은 생활을 하게 되었다.

그러나 이걸 어쩐다?

바닷물은 채울 수 있어도 사람의 욕심은 채울 수 없다고 했듯이.

분도 씨에게는 고칠 수 없는 중독성 고질병이 생기고 말았으니….

욕. 심. 병….

조금만 더, 조금만 더, 아직은 아니야. 아직은….

어느 날 아침이었다.

세수를 하다말고 거울을 보니 유난히 부석한 얼굴에 눈 아래는 거무스름하고, 윤기 없는 흰 머리칼은 어느새 머리를 삼분의 일을 넘게 덮고 있었다. 분도 씨는 종합검진 무료 티켓이 하나 있는 것이 생각났다. 그날 바로 병원에 갔다.

아침 일찍부터 진찰을 하고, 소변을 받고, 피를 뽑고, 엑스레이를 찍고… 오만가지 진찰을 다하고 오후 늦게야 집에 왔다.

다음날 병원에서 전화가 왔다.

"조직검사 해야 하니 내일 아침 일찍 병원에 오세요."

분도 씨는 자리에 누웠으나 잠은 달아나버리고, 가슴이 벌렁벌렁 불안이 밀려왔다. 위가 쓰린 것도 같

고, 어지러운 것도 같고, 간이 아픈 것도 같고, 심장박
동이 빨라진 것도 같고… 기운은 죄다 없어져버렸다.
괜히 검사를 했나? 이리저리 뒤척이다 뜬눈으로 밤을
새고 병원엘 갔다.

파랑눈에 금발인 여자. 하얀 긴 드레스를 입었다. 간
호사인가? 그녀의 뒤를 따라가는데 어느 방 앞에 섰
다. 고개를 드니 암병동이라는 팻말이 붙었다. 분도
씨는 소스라치게 놀랐다.

"아! 아니 내가 왜 여기를? 내가 암에라도 걸렸단
말입니까?"

하얀드레스가 말없이 무표정한 얼굴로 등을 밀어,
스르르 들어갔다. 그곳은 어둡고 작은 조용한 방이었
다. 한쪽 벽에 문이 두 개 있었다.

'아! 아닐 거야. 절대로 아니고말고… 내가 왜 암에
걸려? 그럴 수는 없지… 없고말고… 아. 조용한 이곳
에서 조직검사를 하나보다.'

분도 씨는 혼자 중얼거리며 어정쩡하게 서 있는데
하얀드레스가 의자를 내밀며 차분하게, 그러나 또박
또박 말했다.

"이 방에는 문이 두 개 있어요. 이쪽 문은 '깔깔문'
이라고 병이 완쾌되어 나가는 문이고 저쪽 문은 '껄껄

문'이라고… 살면서 '하지말 껄, 안 했으면 좋았을
껄…' 하는 문인데요 '껄껄문'은 바로 영안실로 통하
는 문이랍니다."

분도 씨는 의자에 털퍼덕 앉아 있다가 눈을 감는다.

이민 와서 지금까지 살아온 세월이 필름처럼 지나간
다.

형이나 청소회사 사장을 눈알이 튀어 나올 정도로
미워하고 거품을 물었던 일, 돈이 된다면 물불을 가리
지 않고 덤볐던 일, 영주권 없는 한국 사람이나, 흑인
이나 히스패닉을 매몰차게 부려먹고 착취했던 일, 식
당에 온 손님도 속일 수만 있다면 가차 없이 속였던
일, 주변의 애경사는 물론 종업원의 결혼식도 모른 척
했던 일, 다른 사람의 배려는 산너머에 있는 일, 심지
어는 주일헌금이 아까워 성당에도 안 나갔던 일, 일,
일….

욕심이 뭉치고 뭉쳐 가슴 속에서 '악마'라는 혹이
자라고 있었음을 모르고 살았던 일, 이 세상의 어떤
자린고비보다 더 인색하게 살아봤자, 아무리 애써도
채워지지 않은 그놈의 욕. 심. 병.

이마에서 뭔가 흐르는 것 같더니 순식간에 온 얼굴과 온몸까지 땀범벅이 되었다. 쉴 새 없이 흐르는 땀과 눈물과 콧물이 홍수가 되어 분도 씨를 뒤덮은 것이었다.

병원이, 이 방이, 무서워서도 아니고, 지나온 세월이 슬퍼서도 아니다. 정확한 이유는 알 수 없지만, 그러나 한 가지 분명한 것은 가슴을 후벼파는 '후~회~'였다.

분도 씨는 자기 옆에 말없이 서 있는 하얀드레스의 자락을 붙들고 애원했다.

"제발… 제발… '껄껄문'으로는 나가지 않게 해주세요. 잘못했습니다. 잘못했습니다, 정말 잘못했습니다. 어떤 게 사람 사는 길인지, 조금은 보이는 것 같아요. 안개 속 같지만 희미하게나마 조금은 보입니다. 한 번만 기회를 주세요. 한. 번. 만. 네? '껄껄문'은 정말 싫어요. 싫어요. '껄껄문'은…."

"여, 여보. 무슨 잠꼬대를 그렇게 해요? 어머 이 땀 좀 봐!!"

"어엉? 여기가 어디야? 내가 '깔깔문'으로 나온 거야?"

"도대체 당신 무슨 꿈을 꾸었길래 헛소리를 하는 거예요? 어서 일어나 병원 갈 준비나 해요."

분도 씨는 일어나 화장실로 갔다. 개운한 기분으로 샤워를 하며 그동안 끼었던 마음의 때를 박박 밀어낸다. 콧노래까지 나온다. 욕심병의 때까지도 밀어낸다.
분도 씨에게 기적이 일어난 것이다.
머릿속이 개운한 것이 세상에 다시 태어난 것 같다. 모두가 새롭기만 하다. 이민 와서 첨으로 하늘을 올려다본다. 마침 그때 파아란 하늘에 누군가 띄운 분홍색 풍선들이 바람을 타고 대여섯 개 떠오르고 있었다. 따스한 봄 같은 분홍색 풍선들이….
이때 전화벨이 울린다.
"분도 씨. 여기 병원인데요. 의사 선생님이 조직검사 안 해도 된답니다." 찰칵!
분도 씨는 자동차에 올라 시동을 건다.
"앗싸!"
이 모습을 보고 있던 아스팔트 틈새에 피어 있던 키 작은 노오란 민들레가 환하게 웃고 있다. 초록이파리들이 바람결에 박수를 보낸다.
"파이팅! 분도 씨!" ✦

재앙인가, 선물인가

재앙인가, 선물인가 그것이 문제로다.
문제는 무슨 문제, 다 마음먹기에 달렸지.
선물이다. 적어도 나에게는….

때는 바야흐로 2020년 봄.
어느 별에서 왔을까? 뭔지 모르는 악성바이러스를
가득 싣고 지구별에 불시착한 고장난 비행기….
바이러스란 놈은 산불 번지듯 바람 따라 소리 없이
공포의 연기로 지구별을 다 헝클어버렸다.
평화로운 지구에 듣도 보도 못한 "코로나19"라는
재앙이 뜬금없이 스며들어 세상을 온통 쑥밭을 만들
어버렸다. 특별히 노인들은 바깥 출입을 금하라는 명
령이 떨어졌다. 의지와는 상관없이 집안에 꽉 박혀 바
깥 출입을 금하라니… 올해 내 나이 팔순.

처음 며칠은 억지로 바깥 출입을 금하니 나갈 일이 더 생기는 것 같고, 좀이 쑤셔 근질근질….

하지만 어쩌랴!

세상살이 맘먹기에 달렸고, 코로나19는 '재앙'이 아니라 '선물'이라고 생각하기로 했다. 엎어진 김에 쉬어 간다고, 떡 본 김에 제사 지낸다고, 이참에 원 없이 쉬어보자.

아! 나는 자유다!

첫째 집에 방문자가 없고, 외출할 일도 없으니, 화장할 일도 없고, 양치질만하고 세수를 몇 번 빼먹어도 되고. 누구 밥 챙겨 줄 일도 없으니 부엌에서 대강 먹기도 하고, 찬밥에 물 말아 컴퓨터 앞에서 때우는 것이 다반사다. 손바닥만 한 원 베드룸 노인아파트이지만 청소를 매일 안 해도 되고 설거지가 밀려도 된다.

아! 나는 자유다! 밤이나 낮이나 잠옷을 입고 뒹굴며, TV에서 막장드라마를 욕하면서도 중독성 있게 보며, 트로트에 푹 빠져 침대 위에 누워 천정을 보며 찔끔거려도 되고….

만고강산이 따로 없구나. 아! 나는 자유다. 완전 자유다!

그러나 어쩐담!!

얼마를 그렇게 '나는 자유다'라고 외치며 편안하게 지냈다.

그러다 보니 모든 생활이 질서가 깨지고, 사는 것이 무미건조하기 짝이 없다.

아! 편하게 놀기도 힘드네! 뭐랄까 파랑 하늘에 띄운 연의 줄이 갑자기 '톡!' 끊어져버린 느낌이랄까? 아니면 갑자기 지팡이를 잃어버린 장님 신세랄까?

전에 있었던 노환이 몸 구석구석에서 스믈스믈 일어나기 시작했다. 어지럽고, 머리가 아프고, 허리, 다리도 아프고, 식욕도 없고, 소화도 안 되고, 사방이 지끈지끈, 삐걱삐걱. 자주 전화 안 한다고 죄 없는 자식들 원망이나 하고….

편한 것이 편한 게 아니라는 생각이 들었다. 아! 편하게 노는 것도 정말 힘드네!

어머나! 이걸 어쩌나?

창문 밖으로만 봄이 오는 것을 보고, 봄이 가는 것을 멍하니 보고 있자니 뭔지 모르는 조바심이 났다. 지는 꽃이 유별나게 안쓰럽다. 정신을 차리고 보니 웬수놈의 살은 안 빠지고 똥배만 더 나왔으니….

밖에서 꽃이 지면 안에서 만들면 되지! 내게는 혼자만이 가진 특별한 재주가 있다.

'꽃봉투' 만들기.

색종이를 사서 재단을 하고 풀을 붙여 봉투를 만든다. 거기에다 구슬을 부치고, 알맞은 스티커를 붙여 정말 예쁜 축하봉투를 만든다. 내가 봐도 정말 예쁘다.

명절 때면 은행에서 5불짜리 빳빳한 신권을 바꾸어 꽃봉투에 넣어 세뱃돈이나 축하봉투로 사용한다. 소소하게 집에 고장난 것을 고치러 온 사람이나 정수기 필터를 교환해 주러 온 사람들에게도 꽃봉투를 주면 속 알맹이보다 봉투를 보고 감격하며 몇 배나 더 고마워한다. 봉투를 한 묶음씩 지인들에게 선물하기도 한다.

허지만 허구헌날 날이면 날마다 꽃봉투를 만들고 있을 수도 없는 노릇….

나는 물끄러미 창밖을 본다. 팜트리 사이로 붉은 노을이 여름을 데리고 오는 것을 본다.

나는 '노사연'의 바램이라는 노래를 흥얼거린다.

"세월의 한복판 사막을 걸어도… 꽃길이라 생각… 우리는 늙어가는 것이 아니라 익어가는 것…."

"제길헐!! 익어가는 것이 아니라 농익어 떨어질 날만 기다리네… 제길헐!!"

코로나19란 놈이 언제쯤이면 사라질지….

어둠속에서 헤매고 있는 창밖의 사람들을 생각하면 가슴이 답답하다.

세상살이 맘먹기 달렸다고 억지를 써 보지만 또다시 기다렸다는 듯이 노환이 스멀스멀 살아난다.

꽃봉투 만드는 것이 끝나면 예쁜 카드를 만들자.

그래서 이번 크리스마스에는 손 편지를 정성스럽게 써 우체국에 달려가리라.

이놈의 코로나19의 어둔 터널이 그때쯤이면 밝아지는 세상이 되리라 믿으며….

마침 애들한테서 전화가 왔다.

"엄마! 답답하지요? 그러나 온 세계가 다 이러니 어쩌겠소. 특히 노인네들은 더 주의하라니 조금만 참으세요. 얼마나 길게 갈라구요? 필요한 거 있으면 우리가 사다 드릴 테니 걱정 마시고… 참 그리고 엄마! 올해가 팔순이네. 환갑도, 칠순도 안 한다고 손사례쳤으니, 이번 팔순은 잔치라기보다 엄마 지인들 모시고 식사나 합시다. 구순에는 엄마가 이 땅에 계실지 안 계

정해정

실지 모르니까…."

"뭐시? 팔순? 나이 먹은 것도 부끄러운데 아빠도 없이 팔순은 무슨! 안 할란다. 안 해."

"그럼 엄마가 꼭 하고 싶은 것이 뭐요? 성지순례요? 크루스 여행이요? 말해 봐요. 팔순기념으로 우리가 해드릴 테니…."

"여행은 무슨… 젊어서 얘기지. 그렇잖아도 온 삭신이 쑤시는데, 그림에 떡이지…."

나는 조심히 말한다.

"니네들이 정 그렇다면, 내가 신문사 공모에서 '시'로 등단한 지 30년이 되었으니, 이참에 첫 시집이나 내 볼거나? 말하자면 '시' 한테도 예의가 아니고… 하하하."

"엄마. 그것 참 좋은 생각이네. 그렇게 합시다. 기왕이면 엄마 그림도 곁들여서 '시화집'으로요."

"근디, 시화집은 칼라로 찍을라면 돈이 솔찮히 들텐데?"

"돈 걱정은 마세요. 성지순례보다 싸게 먹힐 것 같은데요?"

이렇게 해서 나는 "자유, 끝!"이라 외치고 본격적으

로 일에 들어갔다.

지난 30년 동안 여기저기 발표했던 시를 찾아내고, 그동안 틈틈이 써 놓았던 시도 다시 챙기고, 고치고, 다듬고, 다시 쓰고… 거기에 들어갈 그림도 그리고, 맘에 안 들어 수없이 다시 그리고….

나는 '나는 자유다' 라고 외치며 편안히 뒹굴 때보다 훨씬 더 자유스럽고 더 행복한 것 같다. 이런 게 사는 맛이지 싶었다.

이렇게 팔순 나이에 첫 시집을 준비하면서 몇 달은 충만한 행복 속에 지냈다.

시집을 마무리 지어 출판사에 넘기고 나는 똥배를 다독다독한다.

"애썼다. 수고했어. 내가 좋아하는 일을 하면 재앙도 선물이 될 수 있는 걸… 애썼다! 이 시집을 보고 나를 본 듯이 반가워해 줄 고향의 친지들과, 단 몇 명이라도 시집을 읽고 위안을 받는다면 대 성공이다."

출판사에서 방금 나왔다고 시집 몇 권이 우선 비행기로 부쳐왔다. 생각보다 깔끔하고 예쁘게 나왔다. 흐뭇하고 뿌듯하다.

정해정

시집을 본 아이들이 무척이나 좋아하며 축하를 해주었다. 정말 고맙다. 딸아이가 먼 하늘을 바라보며 무심한 듯 말한다.

"아빠가 보셨으면 참말로 기뻐하셨을 텐데…."

"누가 아니라니…."

"엄마! 갑시다. 아빠 산소에 가서 책 자랑 신나게 합시다."

그런 후 어느 토요일. 이쁜 내 새끼 손주 Martin이 왔다

다섯 살 때 할아버지 장례식 날.

"하부지 어디 갔어?"

"하늘나라 가셨단다."

"자동차는 두고 뭐 타고 갔지?" 했던 녀석이 어느새 커서 대학생이 되었다.

손에는 커다란 마켓 봉지가 들려 있다. 요즘 코로나로 집에 있는 동안 CPA 사무실에 인턴으로 들어가더니 첫 월급 탔다고 김밥 사고, 할무니는 이빨 아프니께 컵라면 사고….

오! 기특하고 이쁜 놈!!

항상 그러듯이, 소풍 겸 영감탱이 산소에 갔다.

묘지 앞에 꽃 한 다발 꽂고 다방커피 한 잔 타놓고,
오늘은 시집 올려놓고….

우리는 점심을 만나게 먹었다.

딸아이가 말했다.

"기념으로 시 한편 낭독합시다. 아빠 목소리 꼭 닮은 시몬이 낭송해라."

「금태 안경」

남편이 떠난 지
49제가 지났는데
안경점에서
안경 찾아가라는 전화

첨 금태안경 맞추었노라고
아이처럼 좋아하던 그

꿈속에서
금태안경을 끼고
세상이 밝아 보인다고
화안하게 웃고 있었다.

정해정

코로나19는 재앙이 아니라, 선물이다. 적어도 나에게는.

산타모니카 초여름 향기로운 바닷바람이 우리들의 뺨을 스친다. ✗

점순이, 우리 점순이

"엄… 엄마! 빨… 빨리. 나와 봐 빨리!"

시몬이 다급하게 외쳤다.

나는 설거지를 하다가 앞치마에 손을 닦고 얼른 현관으로 달려갔다. 막내아들 시몬의 손에는 뜻밖에도 주먹만 한, 때가 낀 잿빛 강아지가 초점 없는 눈으로 멀건히 나를 보고 있었다. 얼른 봐도 병색이 짙은 진돗개 새끼다.

"웬?"

"엄… 엄마. 점… 점순이야. 점순이. 이 이마에 점 좀 봐."

시몬은 벌겋게 상기된 얼굴의 땀을 한 손으로 훔치며 말한다.

"내가 공원으로 막 들어가는데 잔디밭에서 요놈이 쓰러져 있잖아. 이마에 점을 보고 내가 확인하려고 가만히 "점순아" 하고 불렀어, 그랬더니 꼬리를 흔들잖아. 엄마."

시몬은 신기한 듯 눈을 크게 뜨고 숨차게 설명한다.

"얘가 토니네 점순이란 말야? 얘네 집이 글렌데일이라 했지? 도대체 여기는 웬일이래? 너 토니네 전화번호 아니?"

나도 급하게 말했다.

"몰라. 근데 집은 알아. 학교 앞이니까."

토니는 시몬의 친구로 반에서 몇 안 되는 한국아이로 친하게 지낸다.

나는 자동차 열쇠를 챙기고 급히 프리웨이를 달리면서 말했다.

"이 작은 강아지가 어떻게 글렌데일에서 산타모니카까지 왔을까? 강아지를 잃어버린 토니와 토니 아빠는 얼마나 애가 탈까. 강아지야, 너도 어쩌다 이민을 와서 이 고생이냐? 고향에서 사랑 받고 살지. 하기야 이 낯선 땅에서 괴롭고, 외로운 것이 어찌 너 뿐이랴."

나는 창밖을 보며 커다랗게 한숨을 쉰다. 어느새 봄은 와 있다.

3학년인 시몬의 친구 토니의 얘기는 시몬에게 자주 들어서 안다.

토니네 엄마와 아빠는 이혼을 하고 토니는 아빠랑 함께 살고 있는 것도, 아빠는 토니가 사달라는 것을 척척 사준다는 것도, 베버리 센터에서 하얀색 진돗개 강아지를 800불에 샀다는 것도, 이마에 점이 있어 이름이 점순이라고 웃기는 것도, 강아지를 좋아하는 시몬이 부러워하는 것도 다 안다.

시몬의 무릎에 있는 점순이는 죽은 듯 숨도 쉬지 않은 것처럼 축 처져 있다.

강아지를 들고 토니네 현관 앞에 섰다. 집 잃은 아이를 찾아 데리고 온 것 같은 두근두근한 마음으로 조심히 노크를 했다. 한참 만에 문을 열어준 사람은 토니 아빠였다. 토니 아빠는 흠칫 놀라는 것 같더니 금방 표정을 바꾸고 우리를 안내한다.

테이블 위에 있는 빈 술병, 휴지조각, 담배꽁초 등, 지저분한 것들을 한 손으로 죽 밀어붙이더니 일회용 컵에다가 오렌지 주스 세 잔을 두 손에 모두고 나온다.

"여자가 없는 집이라 꼴이 말이 아니네요."

토니 아빠는 사람 좋아 보이는 푸짐한 몸집에 약간 튀어나온 눈이 두껍게 쌍꺼풀이 진 대머리였다. 귀 옆으로 1:9로 가르마를 타고 몇 오라기 머리카락을 무스를 발라 이마를 가렸다. 점순이를 가리키며 말한다.

"아하! 이거요? 백화점에 쇼핑 갔다가 토니가 하도 졸라서 술 한 잔 먹은 셈치고 사줬지요. 그런데 어찌나 손이 많이 가는지 카펫에 똥오줌을 여기저기 싸니까 토니란 놈도 첨에는 장난감처럼 주무르다 싫어할 수밖에요. 거기다가 엄살은 어찌나 심한지 한 대 때리면 곧 죽는 시늉을 하며 오줌을 질질 싸며 구석에 박혀 있지 뭡니까? 손만 들어도 죽는 시늉을 한다니까요. 그래서 아예 베란다에 묶어놓아버렸지요."

베란다 쪽을 보니 시멘트가 뜨거운 햇볕에 활활 타고 있었다.

나는 혼자말로 중얼거린다.

'세상에! 캘리포니아 불볕은 계란 프라이도 한다는데, 저 어린것이 살아 있는 것도 용하다.'

나는 궁금했던 것을 물었다.

"우리 집은 산타모니칸데 어떻게 거기까지…?"

"아. 그거요? 허허. 누구를 줘도 하루 만에 다시 돌아오고, 다시 오고 하니까 친구가 그러데요. 그럴 것 없이 아예 먼 곳에 갖다 버리라구요. 자기가 명이 길면 새 주인을 찾을 것이고 명이 짧으면 할 수 없고…."

"그래서 마침 토니가 할머니 집에서 자고 온다고 해서, 오늘 새벽에 산타모니카에 볼일이 있어 간 김에 거기다 버리고 왔지요."

"고놈. 나하고 전생에 무슨 원수가 졌는지… 어이. 재수 없어. 허허허…."

나는 점순이를 다시 안고 서둘러 열쇠를 챙겼다.

점순이가 우리 집에서 한식구로 지낸 것이 어느새 15년이 됐다.

그렇게 되기까지 우리는 모두 정성을 쏟았다.

일주일에 두 번 목욕을 시키고, 병원을 들락거렸으며, 인터넷을 들어가 진돗개에 관한 기사들을 찾아보기도 했다.

진돗개라 밖에서 살아야 할 놈을 어렸을 때 병치레를 많이 해서 크게 자라지가 않아 그냥 집 안에서 함께 살았다.

점순이는 자기가 개라는 사실을 전혀 모르고 사는 듯, 사람 같은 개였다. 전화벨이 울리면 나를 쳐다봤고, 밤늦도록 책상 앞에서 일하는 내 무릎에 앉기를 좋아했다. 몇 번의 지진이 났을 때도 미리 알고 식구들이 자는 이불을 잡아당겼다.

점순이는 시몬을 특별히 좋아해서 시몬이 귀가하는 시간을 귀신같이 알고 기다리는가 하면 수많은 자동차 알람도 시몬 것을 알아차리고 좋아라 두 발로 서서 시몬의 얼굴을 핥으며 꼬리를 흔들곤 했다.

점순이는 이제 평균 수명을 넘기고, 뒷다리가 아파 다리를 끌고 다니는가 하면, 이도 빠지고 콧등에 물기도 마르고, 잠잘 때 드르렁 코골이도 한다.

점순이를 안고 가면 수의사는 고만 포기하란 듯 "너무 늙어서."라고 했다.

늦가을 바람이 세차게 부는 어느 날 밤. 시몬은 이상한 소리가 나는 것 같아 바람소린가 했더니 이어 "깨갱, 깽깽…" 하는 점순이의 자지러지는 소리가 들렸다. 놀라 뛰어나가 보니 시커먼 그림자가 휙 지나가고 그 자리에는 히끄므래한 베개 같은 것이 널부러져 있었다.

도둑이 든 것이었다. 점순이는 목숨을 걸고 짖었고, 도둑의 뒷다리를 물었는지 도둑의 발에 채어 입에 피 묻은 헝겊조각을 문 채 허망하게도 숨을 거두었다.

강아지를 안고 우는 시몬을 달래느라 나는 눈물도 나오지 않았다.

우리 곁을 떠난 점순이가 너무 그립고 섭섭해 슬피 울면서 뒤뜰 살구나무 아래 점순이의 자리를 만들고 뉘었다.

"점순아. 네가 오랫동안 우리 식구에게 사랑을 주었듯이 이젠 이 살구나무에 사랑을 주렴. 더 예쁜 꽃, 더 달고 큰 열매를 맺도록 도와주려무나. 점순아 나쁜 친구도, 나쁜 주인도 없는 하늘나라에서 편안히 살거라. 점순아 우리 나중에 만나자. 잘 자!"

지금은 의젓한 청년이 된 시몬이 노을을 등지고 서 있다.

노을 탓인지 얼굴이 붉게 물들어 있다. 어릴 적 점순이를 안고 헐레벌떡 뛰어왔을 때처럼.

노을 속으로 갈매기 한 마리가 산타모니카 바다 쪽으로 날아가고 있다. 점순이의 넋을 싣고 멀리멀리… ✈

김치

산에는 눈 내리고

형제라는 이름의 역마차

사막에 핀 육자배기

.

조
성
환

경북 대구 출생. 미주중앙일보 문예공모전을 통해 시, 수필로 등단. 글벗동
인 소설집 『다섯 나무 숲』『사람 사는 세상』『아마도 어쩌면 아마도』출간.
duccube@hanmail.net

김치

"꺼져! 왜 옆에 따라붙어서 치근덕거리고 지랄이
야?"

"치근덕거려? 퍽킹 차이니스! 내가 한 병 사주겠다
는데 이웃끼리 그게 뭐 잘못된 거야?"

"필요 없다고 그랬잖아, 퍽킹 니그!"

또 콴이로구나. 가게 문을 닫으려면 두어 시간이나
더 남은 초겨울 밤이었다. 계산대 끝에 붙어 있는 작
은 사무실에서 서류정리를 하고 있던 나는 콴의 목소
리가 들리자 신경이 곤두섰다. 요즘 들어 콴은 주변
사람들과 시비가 잦다. 처음엔 대수롭지 않게 생각했
다가 다툼이 끊이지 않자 몹시 신경이 쓰였다. 페트병
에 든 물로 마른 입속을 축인 나는 사무실을 빠져나와
매장 안을 둘러보았다.

콴은 같은 아파트에 사는 중늙은이와 시비를 벌이고

있었다. 가게 종업원인 카를로스가 그들 옆에서 박살이 난 유리병과 젖어 있는 바닥을 쏘아보며 짜증스러운 표정을 지었다. 콴에게 치근덕거리는 흑인 남자는 발정난 수퇘지같이 그렁그렁 가래 끓는 소리를 냈다.

콴이 가게에 처음 들어 선 것은 더위가 극성을 떨던 지난여름이었다. 흑인 지역에서 리커 마켓을 운영하는 나는, 해거름녘에 행색이 초라한 동양계 여성 한 사람이 가게 안으로 들어오는 것을 보았다. 또 반갑잖은 한국 여자로구나 하고 나는 마뜩잖게 생각했다. 흑인 빈민가에 어쩌다 보는 동양 여자는 대부분이 한국인이었다. 몇 년 전에도 한국 여자가 이곳으로 와 어지간히 내 속을 썩이다 간 적이 있었다. 나보다 20년쯤 위로 쉰은 넘었을 것 같은 여자는 푸석한 얼굴에 미세한 꺼풀이 일고 있었다. 한눈에 봐도 술에 찌든 중독자였다.

그녀가 사는 곳은 시에서 운영하는 지은 지 오래된 빈민 아파트였다. 건물은 이재민의 임시 수용소처럼 보였다. 밤에 그곳을 지나다 보면 한 무리의 시커먼 무리는 좀비가 흐느적거리고 있는 영화의 한 장면을 보는 것 같았다. 그런 사람들 틈에서 여자는 근 반년을 용케 버텨냈다.

여자를 보면 나는 마음이 불편했다. 화가 났다가, 부끄러웠다가도 연민이 일기도 했다.

여자가 가게에 처음 들렀던 날, 몇 병 술과 몇 봉지 라면을 사 들고 나가는 걸 보고 나는 측은해서 마음이 아릿했다. 여자에 대한 측은지심도 잠시였다. 이곳으로 온 지 얼마 안 된 여자가 누군가와 다툼을 벌이는 것을 보면 오만 정이 다 떨어졌다. 여자는 시비가 벌어지면 한 치도 물러서지 않았다. 성질은 드세고 입은 거칠었다. 시비의 상대는 대부분 수작을 부리던 남자였다. 그런 다툼을 뺀다면 여자는 얌전한 편이었다. 여자는 가게에 들어오면 나를 피하는 눈치가 역력했다. 나도 여자가 오면 계산대를 종업원에게 넘기고 사무실로 들어가곤 했다.

콴?

종업원 루시가 계산대 앞에서 그녀를 두고 콴이라 부르는 소릴 들었다. 동네 사람들은 여자를 중국 사람으로 알고 있는 모양이었다.

"저 여자 이름이 콴이래?"

여자가 나가고 난 다음 나는 루시에게 물었다.

"다들 콴이라고 부르던데요?"

"무슨 콴, 미셸 콴?"

루시가 산만큼 나온 제 배를 움켜잡고 깔깔거렸다.

콴이 온 후로 종종 가게 안이 시끄러워졌다. 이곳으로 이사 온 콴을 두고 같은 아파트 동에 사는 늙수그레한 부랑인들이 집적거리는 모양이다. 콴도 여간내기가 아니라면, 이런 우범 지역에서 견뎌내기 쉽지 않았을 것이었다. 하필이면 이런 곳으로 들어 온 콴의 입장을 생각 안 해본 건 아니었지만, 거의 매일 분란을 일으키는 콴이 나에겐 골칫거리였다. 때로는 종업원을 시켜 가게 밖으로 쫓아내기도 하고 내가 나서서 콴에게 화를 내며 싫은 소리를 하기도 했다. 그래 놓고 한가한 낮에 찾아와서는 간밤에는 미안했다고 정중히 사과하는 것이어서 나는 돌아버릴 것만 같았다. 차라리 대들기라도 했으면 화풀이라도 하겠는데 저렇게 죄지은 사람처럼 푹 수그리고 들면 금방 할 말이 막혀버려 오히려 내가 우물거리게 되니 말이다.

"제발 좀 소란 피우지 맙시다. 하필이면 왜 바쁜 밤 시간에 와서 그 난장판을 만드느냔 말욧!"

여자는 영어로 말했고 나는 한국말로 쏘아대었다. 중국인 행세를 한다고 해도 나는 진즉에 여자가 한국인이라는 걸 알고 있었다. 한국 여성은 금방 티가 났다. 중국이나 일본 여성과는 다른 점이 많았다. 체형뿐만 아니라 분위기에서조차 달랐다. 세 나라의 여성은 영어의 악센트에서도 표가 났다. 이곳에서 자란 2세가 아니라면, 중국 여성과 일본 여성 그리고 한국 여성은, 시끄럽거나, 어눌하거나, 더듬거리는 특징이 있었다.

그런 일이 있고 여자는 한동안 밤에는 잘 나타나지 않았다. 어떤 날은 가게 앞에서 두리번거리는 모습이 시시티브이 모니터에 보였다. 아무도 따라오는 사람이 없으면 잽싸게 들어와 도수가 높은 값싼 와인과 라면 몇 봉지를 허겁지겁 사 들고 나가기도 했다. 여자 딴에는 꽤 신경을 써 주는 것 같아서 고맙기도 하고 한시름 놓기도 했다. 하지만 나는 알고 있다. 이 평화가 얼마 가지 못한다는 것을. 콴은 잊을 만하면 잊어버리게 내버려 두질 않았다. 정말 못 말릴 여자였다.

그런 어느 날이었다. 오지그릇 깨지는 듯한 콴의 목소리가 들렸다. 사무실에서 깜빡 졸고 있던 나의 신경도 깨진 그릇 조각처럼 날카로워졌다. 모니터에는 콴을 향해 몸으로 밀어제치며 악다구니를 쓰는 사내가 보였다. 두 사람 다 술에 취한 모습이었다. 그동안 참고 지냈던 내게 인내심에 한계가 왔다. 나는 책상 옆에 있던 알루미늄 야구방망이를 집어 들었다. 계산대 옆문으로 나온 나는 사내에게 다가가며 방망이를 바닥에 힘껏 내려쳤다. 좁은 업소 내에 엄청난 파열음이 났다. 몇몇 손님과 종업원이 아연해 했다. 사람들은 공포에 떨었다. 누군가는 비명을 질렀고, 누구는 선반대를 붙잡고 미동도 하지 못했다. 사내가 사색이 되어 바닥에 털썩 주저앉았다.

"야, 이 씨발놈의 새끼야!"

나는 눈에 불을 켠 채 고함을 질렀다. 방망이를 치켜들고 내려치려 하자 사내는 두 손을 싹싹 빌었다.

"플리즈, 플리즈! 한 번만, 한 번만 봐줘. 다시는 안 그럴게."

"그리고 이 쌍놈의 여자야. 한두 번도 아니고 왜 맨날 여기 와서 개지랄이야, 지랄은. 한 번만 더 이 가계에 들어오면, 내 빵깐 들어갈 생각하고 다리몸둥이를 부러뜨려 놓을 테니까 다시는 여기 오지 마! 알았어? 아, 씨팔 웬 거지같은 것들이."

사무실로 들어와 방망이를 구석에 내동댕이친 나는

의자에 허물어지듯 주저앉았다. 나는 흥분을 가라앉히느라 연신 물을 마셔댔다. 콴이라는 그 빌어먹을 여자 때문에 얼마나 많은 스트레스를 받았는지 생각할수록 분이 치받혀 올랐다. 저런 여자가 한국 사람이라는 것이 창피했다. 저따위도 비행기 타고 여기까지 왔겠지. 제 살던 땅에서 손가락질 받고 살았으면 이곳에서라도 정신 차리고 살아야지 저 꼴이 뭐냔 말이야. 나는 가게 문을 닫을 때까지도 분을 삭이지 못했다.

그날 이후 한동안 가게는 평온해졌으나 대신 콴의 아파트가 시끄러워졌다. 그러거나 말거나 그것은 내 알 바 아니었다.

"와봐, 와 보라구. 다 잘라버릴 테니까."

쩍 벌린 가위의 시커먼 양날이 콴의 손에 들려 허공을 난도질해대었다. 콴이 사는 이층 아파트 난간에서 주변 사람 들으라고 콴이 소리를 질러댄 것이다. 그 모습을 본 주변의 주정뱅이들이 제 사타구니를 움켜쥐듯 하고는 바퀴벌레처럼 제집으로 숨어들었다. 콴이 가위를 품고 다닌 후부터 그녀의 주변이 조용해졌다.

한동안 콴이 보이지 않자 오히려 내가 콴이 궁금해

졌다. 그날 방망이 소동이 있은 후 콴에게 심하게 대한 것이 은연중 미안한 생각도 들었다. 오죽하면 저러고 살까 싶었다. 살다 보면 어느 몹쓸 운명에 휩쓸려 저리되지 말라는 법도 없을 것이었다. 밑으로만 끝없이 추락하다가 모진 목숨을 저 자신도 어쩌지 못해 이곳까지 밀려왔을 것이었다. 희망이 보이지 않는 삶을 값싼 술로 세상과 등지고 싶었을지도 모르는 일이었다. 그러고 보니 부랑배들이 치근거리던 것에 악다구니를 쓴 것은 세상을 향한 울부짖음이었을지도 몰랐다.

막상 콴을 보면 마음이 불편하던 것이 한동안 보이지 않으니 은근히 기다려졌다.

비교적 한가한 오전 시간이었다. 내 마음을 들여다본 것처럼 콴이 들어왔다. 그녀는 나를 보자 고개를 푹 내려뜨렸다. 눈을 마주치지 않으려는 행동이다. 가게 문 입구에 서 있던 나는 눈길을 콴에게 주다가 흡, 하고 놀란다. 얼굴이 반쪽이다! 안 그래도 술에 절어찌든 얼굴이 표나게 수척해져 있다. 저건 병색이다. 나는 멍하게 서서 콴이 움직이는 대로 눈길을 따라 붙였다. 콴은 컵라면 두 개와 감자 칩 하나를 계산대에 올려놓는다. 늘 사가던 술이 빠졌다. 콴이 가게 문을

나설 때까지 문 입구에서 딴전을 피우던 나는 그녀가
내 앞을 지날 때 잘 지내지요? 하고 물었다. 갑작스러
운 내 말에 콴은 겸연쩍고 어색한 미소를 띠며 예, 하
고 말하고는 서둘러 가게 문을 빠져나갔다. 한국말이
었다. 콴의 뒷모습을 한참 지켜보던 나는 마음이 시나
브로 젖어들었다.

콴처럼 나도 점심으로 라면을 끓여 김치 없이 먹어
보았다. 김치 없는 라면이라니! 김치 없는 라면은 계
면조 없는 아리랑 같았다. 라면은 혓바닥이 먼저 알고
목구멍 밖으로 밀어냈다.

라면으로 점심을 때운 나는 한인 타운 인근의 도매
상으로 물건을 사러 다녀오는 길에 근처 한국 마켓에
들렀다. 배추김치 한 병과 라면 한 박스를 샀다. 사는
김에 햇반과 일회용 김도 한 박스 사 들고 왔다. 사 온
물건을 종업원을 시켜 콴에게 전해주고 오라고 했다.
문득 그 집에 냉장고가 있는지가 걱정되었다. 종업원
에게 그것도 좀 알아보라고 일렀다. 신문에 '사고팔고'
란을 보면 소형 냉장고가 많이 나와 있었다. 다행히
집집마다 붙박이 냉장고가 하나씩 있는 모양이었다.

"김치 잘 먹고 있어요."

이틀 만에 가게에 찾아온 콴이 김치라는 말을 할 때 금방이라도 울 것처럼 목소리가 출렁거렸다. 사실은 콴의 입에서 김치라는 말이 나왔을 때 콴보다 내가 더 울컥했었다는 것을 그녀는 모른다.

'7년 만에 김치를 먹는데 막 눈물이 났어요.'

콴은 말을 하면서도 솔잎 같은 눈가 주름살에 물기가 젖어들었다. 콴의 말을 듣는 순간 치밀어 오르는 속울음이 금방이라 터질 것 같아 나는 입을 뗄 수가 없었다.

콴이 흘리는 눈물방울이 아리랑의 다른 이름이 아닐까 하고 나는 생각했다. 나는 콴이 우리 가슴에 깊게 뿌리박고 있는 아리랑 같다는 생각이 들었다. 눈물이, 콴이 모두가 아리랑이었다. 몇 마디를 나눠 본 콴은 친근한 내 이웃의 아주머니 같았고, 내 누님 같았으며 김치 같은 여인이었다.

가게 뒤 창고로 콴을 데려간 나는 마른 가지 같은 콴의 두 손을 잡았다.

"몸은 괜찮습니까?"

"많이 아파요."

가게를 나가 멀어지는 콴을 보며 나는 긴 숨을 들이마셨다가 뱉어냈다. 내가 저 여자에게 할 수 있는 일

이란 한 방울 눈물을 흘려주는 일 그 사소한 일밖에
없었다.

　김치를 가져다준 지 열흘이 지난 해거름 무렵이었
다. 앰뷸런스 차량 두어 대가 요란히 울며 가는 것 같
더니 아파트 앞에서 사이렌 소리가 멈췄다. 가게 안에
있던 나는 문득 불길한 예감이 들었다. 나도 모르게
가게 밖으로 튀어 나가 그 모습을 지켜본 나는 가슴이
요동쳤다. 경찰차와 앰뷸런스, 소방차에서 번쩍이는
비상등이 가슴을 두근거리게 했다. 그 어수선함 속에
소방서 구급요원이 분주해 보였다. 나는 한참을 조마
조마하게 지켜보았다. 마침내 누군가가 들것에 실려
나오는 모습이 보였다. 나는 침을 꼴깍 삼켰다.
　"콴이래요."
　그쪽에서 걸어 나오던 누군가가 말했다.
　나는 숨이 턱 막히는 것 같았다.
　앰뷸런스가 출발하고 소방차가 뒤를 따랐다. 앰뷸런
스는 바쁠 것 없다는 듯 비상등만 켠 채 사이렌을 울
리지 않고 유유히 사라지고 있었다.
　나는 가로등의 기둥을 한 팔로 둘러 껴안고 멀어져
가는 앰뷸런스를 멍멍한 눈으로 바라보았다. ⚡

산에는 눈 내리고

심 봤다아!

앞서가던 3소대원 몇 명이 야전삽으로 캔 더덕을 추켜올리며 지르는 함성이었다. 산악훈련을 하다 보면 가끔 듣는 소리였다. 누군가가 치켜든 더덕은 병사의 탱탱하게 발기된 성기를 닮아 굵고 단단해 보였다.

"야, 최 상병. 니 꺼보다 크제?" 같은 소대 선임이 희멀건 소리를 하자 제각기 한마디씩 끼어드는 통에 식은땀 같은 웃음들이 적요한 산속을 흔들어대었다. 민간인 출입이 금지된 음습한 산속 작전지역에는 쌓이고 쌓여서 시커멓게 썩어간 낙엽더미가 켜켜이 층을 이루고 있었다. 더덕 캐낸 자리 옆에 내가 30센티 정도의 나뭇가지 같은 뼈를 본 것도 다들 왁자하게 떠들던 그때였다. 무심히 툭 걷어찬 것이 나뭇가지라고 하기엔 제법 묵직해서 군홧발로 이리저리 굴려 보다

조성환

가 그게 뼈인 줄 알았다. 거무튀튀하게 변색한 뼈가 강원도 심산유곡에 굴러다니고 있었던 거였다.

오래 전 어머니가 내게 들려주었던 말이 번개처럼 뇌리를 치며 떠올랐다.

"난리 통에 집집마다 고만고만한 아이들이 징집당해서 일선으로 안 떠났나. 면사무소 앞에 누런 도라꾸가 서 있고 마을 청년들이 이마에 뭐라고 쓴 띠를 매고 무슨 구호를 외쳐대고, 어깨에 총을 둘러맨 군인들은 군인들대로 고함을 질러 쌌고…."

그때를 회상하는 어머니의 눈빛이 아스라하게 흐려져 있었다.

"자슥을 보내는 마을 사람들이 보자기에 먹을 것을 싸들고 몰려와 지 자슥 찾는 소리며, 어메, 어메 하고 지 어미를 찾는 소리가 소 새끼 에미 찾는 소리맹쿠로 온 마을이 화들짝, 난리도 아니였니라. 정작 도라꾸가 떠나고 난 다음 퍼질고 앉아 우는 가족들이 어디 한둘이었겠나. 그도 안 그렇겠나. 전장터에 가면 살아오는 자슥보다, 죽었다고 통보 오는 기 더 많았으니…. 어느 날부터 전사 통보가 오기 시작하는데 마을 사람들이 한쪽에서는 울고불고 야단이 나고, 다른 한쪽은 방에 꼭꼭 숨어서 숨도 제대로 못 쉬던 때라 온 마을이 신체 없는 초상 치르느라 한 집 걸러 곡소리가 하늘을 찢었으니, 무간지옥이라 카디만 이게 지옥 아니고 무엇이겠노. 전장은 그렇기 채 피지도 않은 동백꽃 모가지 당강당강 떨구드끼 새파란 아아들은 어느 산 어느 골에 붉은 피를 흩뿌리며 사라져가고, 붉은 통지서 한 장 날랑 날아들었으니 그 부모 형제들 맴은 또 어땠겠나. 너그 작은 외삼촌도 어느 연락병이라 카는 군인이 와서 붉은 전사 통지서를 주고는 내빼듯 안 가뿌렀나. 통지서를 받아든 니 외할머니가 온 마당을 돌며 실성한 사람맹쿠로 팔짝팔짝 뛰면서 앞섶을 찢어가며 니 삼촌 이름을 불러쌌는데, 니를 벤 만삭의 몸으로 나도 깜박 혼절하곤 했니라. 무슨 산 전투라 카디만 어느 골에 뼈를 묻고 억울한 혼이 구천을 헤매고 있을란지. 뼈라도 제대로 추렸다면 그리 맴이 아프지는 않았을 끼라."

한 번도 본 적 없는 외삼촌에 관한 어머니의 말이 떠오른 나는 야전삽을 꺼내어 그 주변을 휘저어 보았다. 가까스로 그만한 크기의 뼈를 하나 더 찾아내긴 했으나 더는 시간을 지체할 여유가 없어 얼른 뼈를 제자리에 묻고 대열에 합류했었다.

그날 밤 산악훈련의 고된 일정을 마치고 텐트 속에 누워서도 낮에 본 뼈에 대한 잔상으로 쉬 잠들지 못했다. 산짐승에게는 그만한 길이와 굵기의 뼈가 나올 수가 없다. 그때 나는 그 뼈를 들고 내 팔과 다리와 허벅지에다 대어 보았었다. 정강이로부터 발목까지의 길이와 흡사했다. 잠결에도 나는 그 뼈의 임자를 생각했던 것 같다. 이들은 얼마나 더 먼 날까지 고요하고 흔적 없이 바람 앞에 고즈넉할까. 나는 오랫도록 잠들지 못하고 까닭 없이 눈물을 흘렸다. 그 뼈가 외삼촌의 것이 아니라고도 할 수 없고 외삼촌의 것이라고 할 수도 없지만, 왠지 나는 그 뼈가 외삼촌의 유골 같은 생각이 들었다.

전역을 서너 개월 앞둔 그해 가을. 내가 복무하는 홍천지역 산 중턱에 있는 대대본부에서는 매년 추위가 닥치기 전에 연대 산하 3개 대대가 쓸 겨울 땔거리를 마련하기 위해 화목火木 병을 차출했었다. 병사들의 겨울나기 땔 목이라곤 하지만, 연대장이나 대대장, 주임 상사, 하다못해 선임 하사도 양껏 챙겼으니, 일개 소대 병력으로 열흘간 베어 낸 나무는 어마어마했다. 나는 기다렸다는 듯이 선착으로 지원했다.

전역이 얼마 남지 않은 말년 병장은 웬만한 작업이

나 훈련에도 열외를 시켰었다. 공교롭게 전역을 앞둔 선임일수록 안전사고가 잦았다. 나무를 자르고 산 밑으로 끌어내리는 작업은 힘들고 자잔한 사고가 따랐다. 말년 병사의 화목 병 지원을 두고 본부에서 말렸지만, 벼루고 있던 일이어서 밀어붙였다.

"김 병장, 뼉다귀 찾아서 얻다 쓸려고 그래. 뭐 회향제라도 해주려는 거야?"

"아니, 육이오 때 전사했다는 니네 삼촌하고 우리 외삼촌 유골이라도 있을까 해서."

"말어라, 이 친구야. 나라에서도 안 하는 걸 니가 뭐 중뿔나게. 그럴 시간에 주는 밥 먹고 얌전하게 있다가 집에 가는 게 낫지, 괜히 보안대에 눈총 받을 짓을 왜 해?"

나와 입대 동기인 인솔 하사는 작업에 열외 시켜달라는 내 청에 의아해하며 빈정거렸다. 하사의 말이 아니래도 그즈음 사단에서부터 대대까지 분위기가 흉흉하던 때였다.

북쪽에서는 군관 한 명이 야밤을 틈타 귀순해 오는가 하면, 보안대에 무슨 꼬투리가 잡혀 취조를 받던 전방의 모 부대 대대장이 소대 병력을 대동하고 북으로 넘어 가버린 사건이 있었다. 또 어느 육군 항공대

조성환

에서는 정찰기를 조정하던 대위가, 옥자라는 니나노 술집 여자를 에르나인 정찰기 뒷자리에 납싹 들어 앉혀놓고 유유히 북쪽으로 내뺀 사고가 연달아 터져 전군이 초상집 같은 분위기였다. 그런 상황이었으니, 나와 입대 동기인 인솔 하사는 작업에 열외 시켜달라는 내 청에 의아해하며 빈죽거리는 것도 무리는 아니었다.

일주일 간의 화목 작업은 민간인이 들어갈 수 없는 지역을 돌아다니며 내 궁금증을 확인해보는 좋은 기회가 될 것이었다. 인솔 하사의 말대로 그것이 쓸데없는 짓이라 하더라도 사람의 목숨이 들짐승보다 못했던 먹먹한 역사의 숨결을 만져보고 싶었다.

척추 같은 백두대간의 허리를 붙잡고 뻗어 내려온 금병산도 가을이 깊었다. 병사에게 가을은 언제나 온몸으로 저물었다. 적철색 쇠 녹 같은 나뭇잎 위로 겁탈하듯 첫눈이 내렸고, 제멋대로 땅을 박고 자란 촘촘한 전나무 숲 꼭대기에선 총알처럼 다래가 쏟아졌다.

나는 가능한 한 숲속을 피해 야트막한 능선을 뒤졌고, 피아간에 전투가 있었음 직한 곳을 찾아다녔다.

강원도 홍천은 춘천과 더불어 남쪽으로 처내려오는 중부 전선 요지의 길목이었다. 최전방과는 약간의 숨통 같은 거리를 두고 남한의 수도를 방어하는 최후의 저지선으로 격전의 흔적이 곳곳에서 발견되었다. 능선이나 고지에 허물어진 진지가 있었고 그 옆으로는 참호로 썼을 웅덩이가 곧잘 목격되곤 했다.

　화목대에 뒤섞여 산을 오르기 전에 나는 사단 본부 정훈감실에 들러 ROTC출신인 대학 동기를 만나 6·25 전쟁 당시 이 지역 전투상황기록을 알아봐 달라고 부탁한 적이 있었다. 6·25가 터지던 날 북한군은 서울을 빠른 시간 내에 점령하고자 연천과 파주, 의정부와 춘천 등 중서부 전선을 중심으로 처내려왔다. 서울을 점령한 그 사흘 동안 파죽지세로 밀고 내려왔으나 오직 춘천만은 쉽게 뚫지 못한 모양이다. 그때 활약한 한국의 6사단과 8사단 그리고 훗날 국방부 장관으로 한국군의 발전에 크게 기여한 7사단장 유재흥 준장이 그곳에 버티고 있었다. 북한은 춘천을 돌파하지 못한 책임을 물어 북한의 2군단장을 즉시 해임해 버렸다. 그 후임이 춘천을 가로질러 금병산과 화양강을 끼고 춘천과 홍천을 잇는 5번 국도로 우회하여 침공하는 계획으로 바꿨다. 이 전투로 쌍방 간에 공격과

방어의 필사적인 전투가 벌어져 결국 저지망이 뚫리고 수많은 군인이 산화했다고 그가 일러주었다.

내가 토치카tochika를 발견한 것은 화목대의 철수를 이틀 앞둔, 산을 헤집고 다니던 닷새째가 되는 날이었다. 흐르는 냇물이 아스라이 내려다보이는 산 중턱 구릉에서였다. 토치카는 양옆으로 주먹만 한 돌을 섞은 흙담과 이미 주저앉은 지붕이 흔적만 남긴 채 세월에 씻겨가고 있었다.

나는 준비해간 군용 삽으로 토치가 내부를 헤집기 시작했다. 흙은 부드러웠고 쉬이 파내려간 1미터 지점에서 첫 탄피를 발견했다. 1미터! 탄피는 전쟁이 끝난 지 20여년 만큼의 깊이로 덮여 있었다. 시퍼렇게 녹이 슨 탄알 옆에 탄피가 무더기로 따라 나왔다. 둔덕 위에 기관총을 걸어놓고 인민군과의 격전을 치른 곳임을 알 수 있었다.

격전을 치른 주변 어딘가에는 무수한 주검들이 땅속에 묻혀 있을 것이었다. 나는 참호로 썼음직한 곳을 파헤쳐 보다가 그곳에서 100여 미터 떨어진 어느 한 곳에 시선이 멎었다. 마른풀이 설핏한 눈 속에 누워 있는 모습으로 길게 이어져 평지보다 약간 팬 곳이었다. 나는 어떤 예감으로 장비를 챙겨 그리로 발길을 옮겼다.

틱, 틱. 돌에 걸렸을 때처럼 곡괭이가 된소리를 내며 튕겼다.

뼈다!

파면 팔수록 유골과 해골이 수없이 나왔다. 전사자를 몰아서 매장한 것이 분명했다. '뼈라도 추렸다면' 어머니의 말씀이 다시 들렸다. 어머니의 한숨이 생각나자, 유골들은 모두 외삼촌의 것으로 보였다. 더러 썩다 만 시커먼 천 조각이 섞여 나왔고, 녹슨 반합이 있었고 수통이 나왔다. 어느 쪽 병사의 것인지 알 수 없었다. 그러나 어느 쪽 병사인지 그것이 무에 중요하랴. 이쪽이든 저쪽이든 다 제 어머니를 둔 젊은 병사였을 터였다.

언제 맞아서 쓰러질지 모르는 총탄 속을 뚫고 오르는 병사나, 죽이지 않으면 죽을 수밖에 없는 방어 쪽의 병사나 그때 그들의 심정들은 어떠했을까. 그 어린 병사들의 심중에 전쟁의 대의명분을 생각한 이들이 있었을까. 작렬하는 포탄과 쏟아지는 총알 속에 팔다리가 날아가고 온몸이 찢겨서 죽어가던 병사들이 외치던 외마디 울부짖음이 들리는 듯했다. 국가란, 이념

조성환

이란 한낮 너울에 불과한 것, 죽음 앞에 그러한 것이 다 무엇에 소용될까. 마지막 순간까지 그들은 어머니를 찾았을 것이다. 처음이면서 끝이기도 한 오직 하나의 사랑인 어머니를.

나는 삼촌들을 제자리에 가지런히 놓고 흙을 덮은 뒤 그 위에 털퍼덕 주저앉았다. 전쟁의 와중에서 막 몽우리졌다가 펴 보지도 못한 채 떨어져 쌓여 있던 동백꽃처럼 빨갛게 숨져간 내 또래쯤의 저들과 어느 순간에 전쟁의 회오리가 닥쳐 그 중심에 설지 모르는 군인의 몸인 나는 결코 다르지 않은 한 생을 건넜고 또 건너고 있다.

얼마나 많은 전사자를 매장해 놓았는지 알 수 없는 흙더미에 주저앉아 나는 화양강을 끼고 도는 도로를 넋 나간 사람처럼 내려다보았다.

응달의 때 묻은 눈까지 늙어 가는데
양구를 지나 철원, 철의 삼각지에서
50년대의 전쟁에서 죽은 수많은 사람들
피범벅이 되어 쌓여서 썩은 시체들 사이로
울긋불긋 진달래가 피어나고 있었다.
― 마종기 「잡담 길들이기 14」 부분

산은, 붉게 물들어간 여린 꽃들을 보듬고 핏빛보다 붉은 진달래를 피워 올려 영혼들을 달래었을 것이다. 그들의 가슴 위로 풀을 올리고 낙엽을 얹어 눈으로 덮어 눈물을 닦아주는 어머니가 되어 산은 때때로 우르릉하고 울었을 것이다.

전쟁은 그렇게 젊은 사람들을 피 흘리게 해서 데려가고 남은 그들의 가족들은 가슴마다 핏빛 진달래꽃 같은 상흔을 남겼다.

초겨울로 접어든 첩첩산중의 밤은 산새들도 울지 않았다. 싸늘한 한기에 야전잠바의 지퍼를 올리고 목 위까지 끌어올려 귀를 감쌌다. 먹빛 하늘에서는 보석 상자를 쏟아부은 것처럼 별들이 길게 흩뿌려지고 있다. 지척을 가늠할 수 없는 어둠. 그리고 적막. 산의 계곡 곳곳엔 비명과 함께 죽어간 무수한 영혼들의 육신들이 묻혀 있을 것이다. 산은, 흙으로 그들을 덮고 총총한 별빛으로 내려와 영혼을 달래고 있음인지 적요만이 무겁게 내려앉아 있다.

막사로 돌아가는 길. 밤길은 온통 어둠뿐이다. 먹빛을 겹쳐 바르고 낮게 가라앉은 하늘. 그 사이로 우쑥우쑥 솟은 산줄기들이 험상궂은 모습을 하고 좁은 산

길을 에워싸고 있다. 반딧불이 만한 플래시가 휘적휘적 어둠을 헤집어 본다.

아득히 먼 곳에서 몇 번인가 나를 찾는 부대원들의 소리가 골골을 타고 메아리가 되어 되울리는 소리를 들었다. 먼 곳에서 들리는 까마귀 울음소리 같은 대원들의 소리를 듣자 그제야 왈칵 터트린 울음. 유골이 묻혀 있을 길 위에 눈물을 하염없이 흩뿌리며 아득히 멀어 보이는 불빛을 향하여 나는 어둠 속에 20년 세월 밖을 휘청거리며 걸어 나갔다. ⚘

형제라는 이름의 역마차

주유 경고등에 빨간 불이 들어와 있다. 넋 놓고 달리느라 경고등이 켜진 줄도 몰랐다. 서둘러 고속도로에서 내려 주유소에 들러 바지 뒷주머니에 손을 대는 순간 나는 그만 아득해졌다. 불룩해야 할 뒷주머니가 헐겁다.

지갑 안에는 운전면허증이며 크레딧 카드, 얼마간의 현찰이 들어 있었다. 내 실존을 증명할 것이 없어졌다는 것은 이 시간부터 나는 유령인물이라는 것과 다르지 않다.

지갑을 잊고 집을 나서는 일이 가끔 있긴 했어도 오늘은 문제가 자못 심각하다. 집에서 나는 너무 멀리 떨어져 누구 하나 전화로 불러낼 수도 없는 일이다.

거래처에 볼일이 생겨 가는 길이었다. 갈 길이 먼데 당장 필요한 기름이 문제다. 나는 주유기 앞에 차를 세워 둔 채 이리저리 궁리해보았으나 마땅한 방법이 없다. 붐비는 시간에 남의 사업장에 차를 세워 놓고 무한정 시간을 끌 수도 없고 달리 뾰족한 수가 없다. 바짝바짝 애가 타기 시작한다. 그야말로 사고무친이 다. 거기가 거기 같던 엘에이 천지에 40마일 떨어진 거리가 문득 낯설고 먼 타향에 온 기분이다.

하필이면 주유소 주변 분위기도 어째 으스스하다. 까마귀 두 마리가 휘발유 가격을 적은 표시판에 앉아 목울대를 꺾고 '까악' 대는 모습까지 겹쳐 주변이 온 통 시커멓다. 길거리와 맞댄 주유소 내 화초밭 옆에는 늙수그레한 흑인 노숙인이 꾀죄죄한 모습으로 침낭을 옆에 끼고 퍼질러 앉아 있다. 젊은 흑인 남자가 이리 저리 옮겨 다니며 차주가 시키지도 않았는데도 차 유 리를 더러운 걸레로 쓱쓱 문질러주고 운전석으로 다 가간다. 품삯을 내라는 강압적인 모습이 살벌해 보인 다.

유리창 닦는 청년이 내 차에 다가오더니 다짜고짜 앞 유리창을 걸레로 문지르기 시작한다.

"어이, 나 돈 없어! 기름도 못 넣고 있는 거 못 봐?"

"오, 쏘리. 테이킷이지 맨.(오, 안 됐네. 진정해.)"

햐, 이거 참 대책 없이 난감하네….

이리저리 머리를 굴려도 방법이 없다. 궁하면 도둑질 빼고는 다 해봐야 하는 거 아닌가. 이래 봬도 나는 불가능이 없다는 대한민국 군대를 다녀온 병장 출신의 역전의 용사가 아닌가. 궁리 끝에 나도 구걸을 하기로 했다. 그때, 그 아가씨처럼.

미국 땅에 처음 발을 디디고 얼마 되지 않았을 때였다. 막 사귀기 시작한 여자 친구와 어딘가를 가다가 가스를 넣기 위해 주유기를 뽑아들었을 때, 고등학생쯤 된 앳된 백인 아가씨가 내게 다가와 그녀의 차를 가리키며 가스 넣을 돈이 모자라니 도와줄 수 없겠느냐고 통사정을 했다. 나는 차 안에 있는 여자 친구를 쳐다보았다. 미국에 온 지 오래된 친구는 눈을 깜빡이며 거절하라는 사인을 내게 보내왔다. 내가 머뭇거리는 태도를 보이자 그 여학생은 플리즈! 하며 찰싹 다가와 간절한 눈길로 애원했다. 그 모습은 막내 여동생이 궁할 때 내게 잘 써먹던 수법과 비슷했다. 나는 그 애절한 눈길을 차마 모른 체할 수 없어 5불을 건넸다.

"주지 말랬는데 왜 줘? 저런 애들 다 상습적이라고."

"아니, 나이 어린애가 애처롭게 호소하는데 어떻게 매정하게 내쳐?"

"아, 자기는 애처롭게 보이는 사람에겐 그렇게 하는구나~아."

여자 친구가 빈정대듯 말했다.

"원, 이곳 인심이 어째 그러냐."

그때로부터 나도 미국 생활이 어언 듯 길어지자 이곳에는 그 여학생 같은 아이가 참 많다는 걸 알았다.

어느 날 또 그런 여자아이가 매우 안 된 표정을 지으며 내게 다가왔으나 무시해버렸다. 나는 차를 멀찍이 세워놓고 그 아이가 하는 양을 지켜보았다. 여자아이가 가리키던 차 안에는 그 또래의 남자아이가 모자를 삐뚜로 쓰고 운전대 앞에 앉아 콧방울을 만들며 졸고 있었다.

나는 차 안에 앉아서 곰곰이 생각해 보았다. 오래전 내게 손 내밀었던 그 아이는 지금의 나처럼 정말 도움이 필요했던 걸까. 그때 나는 돈 5불로도 간절했을 사람을 도왔다는 뿌듯함이 참 오래갔었다.

얼마 전 신부님은 '선한 사마리아인'에 대한 강론

말미에 이즈음 항간에 이슈가 되어 돌고 있는 날로 늘어나는 손 내미는 걸인들에 대한 견해를 밝혔다.

"그 처지를 가련히 여기는 마음은 '아름다운 사랑'의 발상이고. 그걸 행동으로 옮겼다면 도움받은 사람이 햄버거를 사 먹던 술을 사 마시든 왈가왈부할 필요가 없다."

나는 백미러에 얼굴을 비춰보며 드라마 극 중 인물처럼. 최대한 불쌍한 표정을 만들어 보았다. 엉성하다. 얼굴을 찡그려도 보고 울 듯한 표정도 지어본다. 안 맞는다. 도대체 어떤 표정으로 뭐라 말해야 하나. 갑자기 무수히 다가와서 손 내밀었던 사람들이 일등 연기자 같았다.

쭈뼛쭈뼛 더듬더듬. 저~어….

말도 채 꺼내기 전에 양어깨를 들썩 들어 보이는 사람들. 당신 같은 사람 어디 한두 번 봐. 사기 치지 마,

안 그래도 요즘은 인종 증오로 아시안에게 혐오를 가진 사람이 부쩍 늘어나고 있다. 여기까지 와서 구걸이나 하고 자빠졌냐? 더러의 사람은 대놓고 무시하는 듯한 눈총이 그렇게 말하는 것 같다. 저러다가 내 옆에 가까이 오지 말고 꺼져! 라는 말을 듣지 말라는 법

도 없지 않은가. 겨울인데도 얼굴에는 식은땀이 났다.

그때 내 주유기 맞은편에 뚱뚱한 남미계 중년 여인이 옆에 열 살 정도 된 아이를 앉히고 차를 세우는 모습이 보였다. 벌써 대여섯 번의 행각에 낭패를 겪은 후였다. 여인의 행색을 보아서는 막일을 하는 사람처럼 보였다.

하이, 내가 지금 이러쿵저러쿵해서…. 영어를 알아듣지 못하는 여인은 멀뚱한 눈으로 차 속에 있는 아이를 돌아보았다. 여인은 아이의 말을 듣고 주머니에서 부스럭부스럭 돈을 꺼내더니 그녀가 쓸 휘발윳 값 중에 2불을 잘라서 내게 건네며 그것밖에 없다고 오히려 미안해했다. 문득, 나는 오래전 한국에 들렀을 때의 일이 생각났다.

"할머니, 무슨 일이 있어요?"

서울역에 도착한 건 초저녁이었다. 플랫폼 곳곳에 등이 켜지고 역사를 빠져나가려는 사람들이 종종걸음으로 개찰구를 향해 계단을 오르고 있었다.

며칠 전 미국에서 온 나는 곧 결혼할 약혼녀와 함께 나의 본적지의 군청에 들러 혼인 신고를 마치고 막 도착한 참이었다. 기차에서 내려 출구를 향하는 무리 속에 섞여 계단에 올랐을 때였다. 흰 무명 저고리와 치마를 허름하게 입은 웬 할머니가 조그만 보따리를 머리에 이고 계단을 오르락내리락하며 몹시 당황해하는 모습이 눈에 띄었다. 그 모습을 본 나는 할머니 옆으로 다가갔다. 짙은 흙색 얼굴에 자글자글한 주름, 등이 굽은 할머니는 한눈에도 평생 논밭을 매고 살았던 티가 역력해 보이는 촌노였다.

"이를 어쩔꼬, 앙이 이를 어쩌면 좋아."

"할머니, 무슨 일이시냐고요."

그 모습이 딱해 보여 내가 노인에게 물었으나 노인은 횡설수설하며 제정신이 아닌 듯해 보였다. 내 약혼녀는 멀찍이 서서 내 하는 양을 물끄러미 쳐다보고 있었다. 나는 노인에게 호기롭게 만 원짜리 지폐를 한 장 꺼내어 손에 쥐여주고 차표 끊어서 빨리 집으로 내려가시라고 일러 주고는 그 자리를 떴었다. 그 후 할머니가 고향 집으로 잘 돌아가셨겠거니 생각하며 나는 한동안 기분이 좋았다.

문제가 터진 것은 엉뚱하게도 약혼녀에게서 나왔다. 나에게 대놓고 얘기하지 못한 그녀는 시누이들에게 내가 정신이 나간 노인에게 대뜸 거금 만 원이나 선뜻 쥐여줬다고 고자질을 해버렸다. 말인즉슨 미래의 남

조성환

편이 될 사람이 세상 물정 모르고 기분풀이로 돈을 헤프게 쓰고 다닌다는 것이었다.

"얘, 너는 왜 쓸데없는 데다 돈을 쓰고 그러니?"

누나들이 나를 앉혀놓고 성토했다.

"쓸데없다니, 촌 노인이 주소 적은 종이를 잃었는지, 돈을 잃었는지 정신없는 걸 어떻게 보고 지나쳐? 그 노인이 엄마라고 생각해봐, 누나는 못 본 채 지나치겠어?"

"남들이 곁도 안 돌아보는 데는 다 이유가 있는 건데 왜 너만 중뿔나게 그랬느냐고."

"원, 이곳 인심이 왜들 그래? 있어도 그만 없어도 그만인 만 원 가지고."

나는 라틴계 중년 여인이 건넨 2불이 그렇게 큰돈인 줄 미처 몰랐다. 나는 그녀의 마음 씀이 너무 황송하고 고마워서 뭔가 답례라도 하고 싶어서 내 차 속을 둘러보았다. 마침 며칠 전에 어머니가 뜨개 실로 떠준 두꺼운 털목도리가 보였다.

저걸 답례로 주자! 어머니의 사랑이 담긴 것. 어머니에게 저간의 사정을 얘기한다면 잘했다 하실 거고 기꺼이 또 떠 주실 것이다. 그래, 저걸 감사의 표시로 주자.

목도리를 여인에게 건네주며 어머니가 떠준 새 목도리라고 말했다. 여인은 그라시아스, 그리시아스라고 거듭 말하며 고마워했다. 때마침 그녀의 앞줄에서 기름을 넣던 거구의 장신에다 부리부리한 눈을 가진 중년의 흑인이 힐끔힐끔 쳐다보더니 내게로 다가오고 있다. 아연 긴장이 되었다. 무슨 해코지를 할지 알 수 없다. 에이, 차이니스 여기서 궁상떨지 말고 너희 나라로 가버려, 라고 말할 듯한 거만한 걸음걸이다.

내 옆으로 다가온 그가 바지 주머니에 손을 집어넣을 때쯤 나의 긴장은 극에 달했다.

염려와는 달리 그의 손엔 몇 장의 지폐가 집혀 나왔고 그중에 20불짜리 하나를 내게 건네주는 것이 아닌가.

"부라더, 무슨 영문인지 알겠소. 누구나 그럴 때 있죠."

뜻밖의 상황에 나는 잠시 어찌할 바를 몰라서 버벅거렸던 것 같다.

"하, 이거 참. 혹시 연락처라도…"

"아니요, 그러실 필요 없습니다. 대신, 부라더, 당신도 누군가에게 이렇게 할 줄 믿습니다."

조성환

"아…!"

나는 입을 하 벌리고서는 그들이 떠나는 뒷모습을 멍멍히 쳐다보고만 있었다.

부라더! 그는 나에게 그렇게 불렀다.

나는 가뿐하게 달리는 차 속에서 그가 한 말을 몇 번이고 곱씹어보았다.

부라더, 부라더, 부. 라. 더!

그래, 그렇겠구나. 이 작은 행성에서 우리는 함께 역마차를 타고 가는 인간이라는 공동체의 형제가 아닌가. 자주 잊고 사는 나를 깨우쳐 준 그 중년의 친구, 아니 나의 부라더! ✶

사막에 핀 육자배기

오늘도 나는 선생에게 허벌나게 깨졌다. 요즘 들어 소리 선생은 나에게 이유도 없이 부루퉁해져 있다.

오늘은 몇 달에 한 번 있는 소리 테스트를 받는 날이었다. 내 차례가 되자 소리북 앞에 앉은 선생은 나를 노려보기부터 했다. 아무리 내가 배우는 학생이라고는 하지만 선생보다 열서너 해나 밥그릇을 더 비웠다. 그러니 선생의 막내 삼촌뻘은 될 나를 쥐 쳐다보는 고양이 눈으로 꼰아 본다는 것이 말이 되느냐 말이다. 선생 앞에 나는 엉거주춤 서서 자세를 취하려는데 자세부터 꼿꼿이 서씨요~이. 하며 퉁을 놓는 것이 오늘의 일정이 순탄치 않을 것임을 예감케 했다.

"자, 지난 시간에 배운 '제비 노정기'를 아니리 빼고 해보씨요."

어잇

따쿵

흑운 박차고 백운 무릅쓰고 그중에 둥둥 높이 떠
~~ 두루 사면 살펴보니 서쪽 지척이요 동해 창망하
구나.

따딱.

"뭐 디여, 흥부 제비가 바다 가운디 높이 떴다가 물
에 퐁당 빠지것소. 그란께 둥둥 높이 아, 요 대목에서
끊고 싸게 숨을 깊이 들이마셨다가 떠에서 팍팍 질러
야 쓸 껏인디 위째 고걸 못하요 잉. 중모리장단에 떠,
그 부분은 12박 중 여섯 박으로 길게 끌어야 헌다고
나가 몇 번이나 말했관디."

따다닥,

"다시 혀 보씨요."

선생은 북의 우변을 북채로 앙칼지게 두드려대며 서
른네 살 노처녀 티를 냈다. 확실히 선생은 뭣 때문인
지 요즘 많이 날카로워져 있는 게 확실하다. 내 딴에
는 이젠 목이 좀 트인 것 같소. 아니면 조금만 더 익히
면 기초는 더 안 해도 쓰것소. 라는 말을 내심 기대하
고 있던 터였다. 떠 부분에서 좀 일찍 소리의 힘이 빠
지긴 했다. 그렇기로서니 못된 소갈머리를 톡 내밀 건

뭐란 말인가.

소리를 마치고 기대 밖에 한 소리 들은 나는 학생들 앞에서 쪽 팔리기도 하고 무안하기도 해 내 자리로 돌아와 흐물흐물 주저앉았을 때였다.

"그거사 시장할 시간이 되야서 그러제. 속이 허하면 소리도 안 나오는 법인데… 그만하면 제대로 하셨구만, 어째 그리 무안을 주신데?"

선생의 말에 면박을 준 이는 멀찌감치 앉아서 이 모습을 지켜보던 혜선 씨였다. 혜선 씨의 칭찬인지 위로인지 모를 그 소리가 나는 싫지 않았다. 그러고 보니 한국에서 예까지 온 선생의 이모인 혜선 씨와 반년이 다 되도록 나는 인사 한번 제대로 나눠 본 적이 없음을 상기시켰다. 혜선 씨는 나보다 서너 살은 아래로 보이는 40대 초, 중반쯤의 여성으로 특별나달 것 없는 외모지만, 사람 좋은 인상을 풍기는 수더분한 모습이었다. 혜선 씨는 교실에 잘 나타나지 않은 것은 물론 수업에 참견하는 일도 없었다.

"오늘은 웬일이십니까. 수업 시간에 참관도 다 하시고."

나는 나를 변명해 준 그녀에게 인사치레는 해야 할 것 같아서 넌지시 물어보았다.

조성환

"오늘 테스트가 있다기에 전주 집으로 돌아가기 전에 한번 구경왔습니다."

"돌아가세요?"

"하릴없이 오래 묵었지요."

"잘 됐습니다. 떠나시기 전에 인사도 드릴 겸 수업 끝나고 이별주라도 한잔합시다."

"안 그래도 안 선생님에게 드릴 말씀도 있는데 잘 되얏습니다."

*

"이모가 먼저 한 가락 푸세요. 안 선생님은 신명이 많으신 분이라 박도 잘 짚고 추임새도 잘 내시니 북은 안 선생님이 잡으시고."

학생들이 가고 난 다음 소리 교실 이층에 있는 일식집에서 배달해온 음식으로 몇 잔 술이 돌자 선생이 말했다. 선생의 이모가 소리를? 나는 의아스러운 눈으로 혜선 씨를 힐끔 쳐다보았다.

"이모님께서도 소리를 하시는지 몰랐습니다. 하기야 조카가 소리꾼이니… 자, 그럼 잘 치지는 못하지만, 선생님이 하라시니 제가 북을 잡겠습니다."

북 앞에 앉은 나는 혜선 씨가 몸을 바르게 하고 옷매무새도 고치는 품새를 보고 소리를 많이 해본 분이라는 생각이 들었다.

딱!
산이로구나 혜~~~

백 초를 다 심어도 대는 아니 심으리라
살대 가고 젓대 우니 그리느니 붓대로다
어이타 가고 울고 그리는 그대를 심어
무엇을 헐 거나 혜~~~

명창이다!

이 소리가 명창의 소리라는 것을 나는 대번에 알아보았다. 걸진 수리성에 휘어지고 꺾어지는 엇박자를 힘들이지 않고 주무르는 테크닉이며 고음을 타고, 메치고, 다스리는 능란한 목구성은 득음하지 못 한 사람은 낼 수 없는 소리였다. 어디서 많이 들어 본 귀에 익은 소리 같기도 했다. 가슴 먹먹히 소리를 들었던 나는 이 상황이 믿기지 않았다. 삭막한 사막의 땅 이곳에서 육재배기의 정수를 듣다니! 나는 꿈을 꾸고 있는 것 같았다. 혜선 씨가 다시 보였고, 우러러 보였으며 소리 하나만으로도 남이 갖지 못한 모든 매력을 다 품고 있어 보였다. 술김이기도 했겠지만, 나는 혜선 씨를 덥석 안고 싶었다.

"자, 제가 한 곡 했으니 소리를 받으셔야지요."

소리를 마친 혜선 씨가 나를 지명했다. 난감했다. 감히 명창 앞에서 맞잡이를 하다니. 그렇다고 이 분위기에서 쭈뼛댄다는 것도 어쭙잖다. 나는 멀뚱히 소리 선생을 바라보았다. 선생도 고개를 끄덕거렸다.

혜선 씨는 내 앞에 있는 소리북을 끌어들여 북채를 잡았다. 나는 수궁가 중에 별주부 토끼에게 농락당하는 대목을 불렀고 소리를 하면서도 혜선이 북을 다루는 노련함에 또 한 번 놀라지 않을 수가 없었다. 박은 잘 못 치면 소리가 죽고 잘 치면 죽어가는 소리도 살리는 법인데 혜선의 북장단에 설익은 내 소리도 날개를 단 느낌이었다.

"아니, 이 수궁가를 언제 다 익히셨을까 이. 이 대목은 어려운 곡인디."

소리가 끝나자 혜선 씨는 놀라는 표정으로 말했다.

"전에 한국에서 잘 알려진 조봉달 명창이 두어 번 다녀간 적 있었지요. 그분 오실 때마다 개인적으로 사

사 받곤 했습니다."

"안 선생님 목구성하고 딱 어울리는 곡입니다. 앞으로도 안 선생님은 이런 해학이 넘치는 곡을 많이 다루세요, 수궁가와 흥부가 중에 그런 곡이 많이 있지요."

혜선이 내게 친근한 어조로 말했다. 혜선의 말투가 처음 말을 터보는 관계 같지 않게 정스럽게 들렸다. 소리 선생은 춘향가 중 「적성가」한 대목을 부르고 볼 일이 있다며 자리에서 일어났다.

*

"제가 술 한 잔 올리지요."

혜선이 술병을 들어 올렸다.

"아뇨, 아뇨. 제가 먼저 명창 선생에게…."

"명창은 무슨. 밥도 못 얻는 명창이 어디 명창인갑디여?"

"?"

"목숨 걸고 명창대회 준비할 때가 좋았지요. 꿈이 있응께. 그 어려운 장원을 하고 한참 구름 속을 걷는 것 같더만, 딱 거그까지더만요. 설 자리가 없어요. 판을 깔아줘야 소리를 하든지 춤을 추든지 하지. 어디를 둘러봐도 설 자리가 없습디다. 허기야 배부르고 등 따순 요즘에 누가 그 징한 소릴 들것소."

"그래도 창은 우리의 가락 아닙니까. 가락은 우리의 혼이고,"

"고것은 소리를 좋아하시는 분의 야그고, 소리꾼의 현실은 또 다른께."

"근데, 언제 사습에서 입상하시었소. 소리가 귀에 많이 익은 것 같아서…."

"소리를 부를 때는 지화자라는 이름을 씁니다. 혜선은 본 이름인데 이곳에 오면서 아무래도 소리를 가르치는 조카에게 폐가 될 것 같아서 이름을 감추었지요."

"역시 그랬었군요. 지화자 명창! 알고말고요. 흥부가 중 '오리정 이별'로 등극하지 않으셨소. 어째 귀에 익은 소리다 했지요."

"아시는구만요."

"알다마다. 몇 안 돼는 사습명창인데. 교통사고로 부군을 잃고 낙향하지 않으셨습니까."

명창들의 근황을 인터넷으로 검색하던 나는 15년 전 지화자 명창의 사고 기사를 봤다. 결혼한 지 1년도 채 안 돼 사고를 당한 지화자는 그길로 고향으로 내려가 활동을 접고 잊힌 인물로 남아 있었다.

"다 옛일입니다. 사연이 많았지요. 이것도 저것도 다 꿈 같은 게. 고향에 내려와 허송세월로 보낼 적에 애숙이 야가 소리 공부를 하고 있담시로 나를 찾아왔어요. 들어본께 재주가 있어 보여 아예 전주에 소리 교실을 차려 가르치면서 거그다 낙을 붙이려 했지요."

혜선은 자작으로 술을 마셨고 말소리도, 몸도 많이 풀어져 있었다.

"소리 대회에서 번번이 떨어진 애숙이 야도 나이는 먹어가고 초조한지 엘에이로 가서 개척해보겠다고 졸라서 보냈더니 적응이 안 되는 모양입디다. 이제 와서 돌아가겠다고 보채싸니 이 일을 어쩌면 좋소. 내가 봐도 여그는 다들 바쁜 것 같고 또 소리가 어려워서 어느 시월에 소리를 익힐까 싶어 피하는 것 같습디다. 그렇다고 용빼는 재주도 없이 돌아오면 이제 와서 어쩔 것이여."

"여기 온 지 아직 얼마 안 되었으니, 좀 더 견디면서 상황을 보고, 우리 선생이 얼굴도 그만하니 임자도 곧 나타나지 않겠습니까."

"지 말로는 이곳의 젊은 사내들은 판소리 하는 여자라면 기겁을 한답디여. 무녀취급 한다면서."

"…!"

"우째야 쓰까 이를."

소리 선생과 혜선 씨와 함께 어우러져 신명 한 판 내보려 했던 나는 몹시 당황했고 이런 문제에 관한 한 내가 할 수 있는 말은 아무것도 없었다.

"그래서 생각하고 생각한 끝에 드리는 말씀인디, 선생님이 우리 애숙이를 거둬 주시면 안 되겠소?"

"?"

"여그 와서 몇 개월 찬찬히 들여다본 께 애한테는 안 선생만 한 사람이 없습디다. 점잖고 진중하제, 안정적인 사업을 하시제, 아도 없이 상처한 후 한 눈 파느라 두리번거리지 않제, 소리 좋아하시제. 그까정 열다섯 나이 차이야 뭐가 중하것소. 더 귀여움 받으면 오히려 더 좋은 것 아니것소."

나는 상상으로라도 해보지 않은 일이었다. 다급해진 혜선 씨의 궁여지책이겠지만, 이것은 될 일이 아니었다. 선생이 나를 부루퉁하게 대한 이유를 알 것도 같았다. 혜선은 선생을 닦달했음이 분명했다.

"원, 농담도. 쓸데없는 상상을 해보셨습니다, 그려. 요즘 젊은 사람의 생각은 우리와는 백팔십도로 틀립니다."

"안 선생님은 재가 마음에 들지 않은 모양이지요?"

"들고 안 들고 가 어디 있습니까. 말이 안 되는데. 혜선 씨라면 또 모를까, 젊은 사람은 젊은 사람끼리 어울려야지요. 우리 선생도 곧 임자가 나타날 겁니다. 여기도 터 잡고 마음 맞는 사람과 어깨를 걸면 사람 냄새도 나고 살만한 곳입니다."

"그란디 거기에 저도 들어갑디여?"

순간 나는 얼굴이 화끈 달아올랐다. 취중이라도, 은연중 튀어나온 말에는 나도 모르는 마음이 들어 있기 마련이었다.

"그게, 그러니까… 나도 모르게 그렇게 튀어나와 버렸네요. 불쾌하셨다면 사과드립니다."

"아니, 그런 뜻이 아니라, 듣고 보니 어째 기분이 요상해서 그라지요."

"그 얘긴 제가 무안하니, 이제 분위기를 좀 바꿉시다. 명창 선생 앞에 문자 쓰는 격이지만, 진도 아리랑을 보면 소절마다 애환이 들어있어도 후렴구만은 아주 신이나요. 그러니까, 옛사람들은 운명을 초월해서 삶을 다룰 줄 아는 지혜가 있지 않았나 싶어요. 그렇듯이 지 선생이나 저나 가슴이 허한 사람들이 아니요. 우리도 어깨를 걸고 사람 냄새 풍기는 신명 한 번 내 봅시다."

"그라지요. 창은 본시 한을 풀어내는 타령이 아니라 아픈 사람을 어르고 달래는 소리지라. 그라믄 고걸 한 번 해 보십씨다."

*

나는 교실 한구석에 있는 장구를 가져와 조임줄에 부전을 올리고 혜선 씨 앞에 놓았다. 민요 가락에 흥을 돋우려면 소리북보다 장구가 더 어울렸다. 혜선 씨가 장구채를 잡았다.

둥 둥 둥 더쿵
더덩더덩 덩더쿵

아리아리랑 쓰리쓰리랑 아라리가 났네~ 헤에헤
아리랑 흠흠~흠 아라리가 났네
문경 새재는 웬 고갠가 구부야 구부 구부가 눈물이로구나
아리아리랑 쓰리쓰리랑 아라리가 났네 헤

나는 흥에 겨워 일어나 '서편제'에 유봉이 만경평야

너른 들을 지나며 두 아이와 함께 이 민요를 부르며
춤을 추던 모습대로 나도 유봉이처럼 발림을 해본다.

둥 둥 둥 더쿵
어절시구 덩더쿵
덩실덩실 궁더쿵
어화둥둥 둥더쿵

살아가는 일이란 소리의 울림 같은 것 아닌가. 굽이
굽이 넘어야 하는 고갯길도 소리이고 울고 웃는 것도
소리다. 소리는 결국 사람으로부터 이는 바람이고 냄
새다. 혜선은 장구를 치며 소리를 하고 나는 춤을 추
며 소리를 한다. 너와 내게서 이는 바람이 없다면, 냄
새가 없다면 무엇으로 이 자리에서 흥이라도 내어볼
까. 나는 혜선에게 다가가 그녀의 손을 끈다. 혜선은
술기운으로 비틀대면서도 소리꾼다운 세련된 발림으
로 내 소리에 맞춘다. 그 모습이 아름다워 와락 끌어
안고 싶던 차에 그녀가 비틀 넘어지며 나를 잡고 동그
라진다. 공교롭게 나는 혜선을 올라탄 자세가 되었다.
워메, 워메. 혜선의 목소리와 부르다 만 소리가 공중
에 어지럽게 떠돌아다닌다. ✶

불가사의한 책 제목 가늠하기

어쩌면 아마도 어쩌면, 장소현 곽설리 김영강 정해
정 조성환 다섯 작가의 스마트소설(작은소설)들에 대한
평설은 독자의 몫으로 숨겨 남기는 것이 훨씬 예의바
른 일일지 모릅니다. 그럼 왜 미적지근한 동문서답의
평설을 쓰는가? 『아마도 어쩌면 아마도』 의미 불가사
의한 제목 문장을 가늠하기 위하여, 라고 말할 수밖에
없습니다.

장소현

「오늘의 새마을운동」 '무속의 힘이 이성의 힘을 이긴
다' 사람에 따라 해석을 달리하는 말이다. 그런데 실
생활에 있어 사람 의식은 "동글뱅이 성씨 바퀴 조심"

땡초법사의 말에 맥을 못 춘다. 무사안일주의가 과학 문명 위에 무속의 관을 씌운 것이다. 그 어려웠던 시절 잘 살아 보세는 끝나고 잘 살고 있다. 이제 더 잘 살아 보세를 넘어 의식혁명이 필요하다. '오늘의 새마을운동!' 바퀴의 액운을 바퀴벌레는 어디로 물고 갔는가. 카프카적 변신의 또 다른 말의 변용으로 읽히는 이것이 스마트소설의 생성 이미지이다.

「이름이 무슨 죄」 이민은 작명의 이름을 이마에 붙이고 태평양을 건너서 천국에 이른다. 아니 지옥에 간다. 스마트소설은 이민 천국, 이민 지옥 어느 쪽 이야기든 주인공의 이름에 관한 한 구토가 나도록 쓴다. 사르트르가 자신의 소설 「구토」를 생각하며 미소 짓도록.

「신 제비타령」 신 제비타령은 이렇게 끝나는가? 아니지. 그럼 뭐가 다시 시작되는가? AI제비타령이 늙은 시간, 젊은 시간을 엮어 노래 위의 노래타령을 만들어 내고 있다. 아, 신 제비타령! 아무렴 신 제비타령은 끝나지 않았다. 늘 타령은 새로운 타령으로 돌고 돌아야 한다.

「인명은 재천이라」 사람은 하늘이 낳고 거둔다. 하늘은 입도 크고 배도 크다. 우리 이전의 우리, 우리 이후의 우리. 모두 죽음 꽃으로 사라진다. 유사이래 오늘까지 낳고 사라지고, 낳고 사라지고는 먼 푸른빛 영원한 죽음의 또 다른 시작으로 시치미 뚝 따고 있다.

4편의 작은 이야기가 인생 사주로 읽히고 주역풀이에 대입되는 스마트소설을 낳았다.

곽설리

「이매진」 전쟁이 전쟁을 노래하고 자유가 자유를 노래하고 노래가 노래를 노래한다. 그런데, 이놈의 세상사! 신이 있다고? 거짓말이다. 신이 없다고? 거짓말이다. 참말은 사람이 있어 사랑이 있다고? 도무지 모를 세상 일들! 신의 거짓말은 전쟁터를 지나가고, 사람의 참말은 사랑의 눈을 열고 부재한 신을 본다네. 곽설리 스마트소설은 신을 부끄럽게 하는 노래의 리듬이다.

「아마도 어쩌면 아마도」 음악은 아마도 힘이 세다. 음악은 어쩌면 힘이 세다. 음악 예술은 아마도 어쩌면 힘이 세다. 음악의 힘은 희망의 문을 연다. 아마도 어쩌면 아마도. '키사스'의 선율처럼 글도 글의 힘을 낳아 코로나를 이기는 스마트소설이 된다.

「노인과 열쇠찾기」 사람을 꽃이 가두어버린다. 이때 사람은 벌이다. 꽃이 가둘 수 있는 사람, 꽃이 가둘 수 없는 사람이 있을 뿐이다. 그래서 꽃을 들면 웃어야 한다, 사람은. 그럼 짐승은? 스마트소설은 화두이기도 하고, 화두의 답이기도 하다.

「**성 크리스토퍼의 손길**」 흉터처럼 문신처럼 나는 당신에게 당신은 나에게 지우기 어려운 마음의 무늬가 되고 싶다. 그런데 그것은 본래 없는 무(無)의 무늬인지도 모른다.

「**캄캄한 골목길**」 잠들지 말고 깨어 있으라. 캄캄한 골목길이 밝아오고 있다. 그때 그곳을 지나는 사람을 보라. 그가 흰옷을 입었는지. 성서, 경전의 패러디도 순정한 종교 스마트소설이 될 수 있다.

곽설리 스마트소설은 자연한 힘을 보인다. 진리의 힘, 무연한 힘의 파장이 흐른다. 말 하면서 말하지 않는 설득의 마음이 선하다.

김영강

「**젖은 눈**」 사람의 세계, 신의 세계, 그 접목을 사람이 할까? 신이 할까? 사랑이 한다. 사람 속 신의 사랑이.

작가는 쌍둥이의 젖은 눈 이야기로 신의 눈과 사람 눈이 함께 울고 웃게 했다.

「**첫사랑과 구두닦이**」 물질의 힘과 마음의 힘, 어느 쪽을 택할 것인가? 사람마다 선택의 자유가 있다. 그런데 선택할 수 없는 힘이 있다. 죽음의 힘이다. 모두를 평등의 영면에 들게 하는 힘.

「**삼켜버린 진짜 진주**」독이 약이 되고, 악취가 향이 되고, 신의 정제에 따라 악이 선이 된다. 믿음이 신앙의 약이 되고, 지식이 문명의 약이 되어 세상엔 너무 약이 많다. 사람이 만든 약 신이 먹고, 신이 만든 약 사람이 먹는 길밖에 없다. 좋은 스마트소설은 사람도 조개처럼 진짜 진주를 만들 수 있다고 쓴다.

「**가물가물 깜빡깜빡**」그저 자연스럽게 곁에 있는 것, 건망증 치매까지도 자연한 것이다, 감사할 수 있을까? 할 수 있다. 사람에게는 못할 감사를 하는 인자가 있다. 그 걸 그리는 그림의 문장으로 스마트소설은 쓰인다.

「**아버님의 여자**」스마트소설의 모범이다. 왜, 평점이 높은가. '오시지 마세요. 오시지 마세요'의 염불이 사람 실존의 부조리를 직시하게 하니까? 그녀는 오지 않고도 많은 말을 할 줄 아는 아버님의 온전한 여자다.

김영강 작가의 가만하고 조용한 이야기는 투명 빛깔로 섬세한 수채화 같은 스마트소설을 그린다. 부드럽고 따뜻한 스마트소설 기운이 굳고 차가운 마음을 감싸준다.

정해정

「**방울토마토는 장님**」 하느님은 방울토마토에게 루시의 눈을 위한 찬양을 하게 하셨다. '아기장님 루시는 눈이 손이래요……' 찬양 리듬이 천상으로 흐르고, 사갈 환상 그림에 고흐의 잘린 귀가 날아다니는 동화적 스마트소설이다.

「**이뿐니, 춤선생**」 세상은 온통 파랑색으로 칠해지고 있다. 파랑은 지나가고 통과해 오는 기다림이다. 하늘나라로 데려다 줄 파랑색 기차의 기다림이 파랑 춤을 춘다. 흑인 타미는 파랑 빛 희망의 영가를 부르고, 이뿐니 춤선생 동양 여자는 바람춤 파랑 깃발을 날린다.

「**욕심도 병이련가**」 이야기는 이야기고, 소설은 소설이다. 이야기, 소설 각기 품성이 분명하다. 이야기는 문장인 듯한 말로 저자거리에 넘치고, 소설은 오로지 문장으로 생의 이미지를 그린다. 분도 씨의 이민사가 그렇게 이렇게 살아온 욕심과 꿈을 다 버리는 까닭이 뭘까? 오로지 몸의 일로 남은 생은 살아야 한다는 깨달음 때문이다.

「**재앙인가, 선물인가**」 생이 꿈인 것을 새삼 꿈이라고 정색을 하면 문학이 된다. 그렇게 여기까지 온 오늘의 문학에 대해서 하늘도 땅도 사람도 더욱 무심하다. 세상이 무심하든 말든 문학은 시집, 소설집을 내놓는다. 코로나가 재앙이다가 선물이 되듯, 우주의 그 무엇 모두 문학에게 재앙이다가 선물이 된다.

「점순이, 우리 점순이」 모든 생물의 생은 순환이다. 그 순환은 신의 자연을 통과한다. 사람도 신의 천상계로 환원되는 생물이다. 개에게 불성이 있다. 화두다. 돌에게 사람의 파장이 흐르면 돌부처란 깨침의 생물이 된다. 이야기 속에 신과 사람의 냄새 빛깔이 리듬의 파장을 일으킬 때 스마트소설은 아름다운 소리를 낸다.

조성환

「김치」 콴, 김치 같은 여인에 대한 측은지심은 내 의식 남의 의식이 아리랑 가락으로 다시 서로의 의식에 스며들 때 신의 노래가 된다. 아리랑 눈물 같은 여자 콴. 문학이란 감각의 리듬도 문장으로 춤을 출 때 아마도 신의 노래가 되지 않을까? 김치 같은, 아리랑 노래 같은 여인은 있고도 없어 영원한 그 무엇이다.

「산에는 눈 내리고」 눈 덮인 그 산에 핏빛 동백은 지고, 어머니의 아들들 주검 통뼈 마디로 남아 하늘 푸르러 운다. 핏꽃 동백의 울음이여! 그만 영면으로 자유하소서.

전쟁 단장의 노래가 스마트소설이 되었다. 남북 태

극의 노래, 한반도 지축을 언제까지 울릴까.

「**형제라는 이름의 역마차**」 어떤 정황이 사람을 짐승으로 읽게 하고, 사람으로도 읽게 한다. '형제여! 누구나 그런 때가 있죠' 아무렴 '무슨 영문인지 신은 항상 아신다' 눈의 호흡, 마음의 감성이 하나 되어 신에게 가기를……

「**사막에 핀 육자배기**」 소리는 바람이다. 가슴에 이는 바람 목 넘어 와 하늘에 간다. 신의 발 간질이는 소리. 이승 저승의 소리, 몸 영혼의 바람 소리. 위메, 위메. 그놈의 소리는 도무지 해석이 가 닿지 않는 사람 반, 신 반이 합신 되어 내지르는 신음이다. 대단한 영매의 육자배기 기가 흐르는 스마트소설이다.

스물 세 편의 스마트소설을 다 읽었습니다. 실로 작지만 큰 이야기, 짧지만 긴 이야기들입니다. 대양 건너 이민사가 인생의 색실로 잘 짜였습니다. 하지만 아름답고 자연하지만 않습니다. 버리고 내친, 자르고 뭉친 마음덩어리의 아픔이 짠하기도 합니다. 이미 물질에 멀고 정신에 가까운 모국어 문학으로 모든 응어리진 악상 치유 받으신 줄 압니다. 문학의 신께서 항상 함께 하시길 빕니다. ✽

글벗동인 제3소설집

아마도 어쩌면 아마도

1쇄 발행일 | 2022년 08월 11일

지은이 | 장소현 곽설리 김영강 정해정 조성환
펴낸이 | 윤영수
펴낸곳 | 문학나무
편집 기획 | 03085 서울 종로구 동숭4나길 28-1 예일하우스 301호
이메일 | mhnmoo@hanmail.net

출판등록 | 제312-2011-000064호 1991. 1. 5.
영업 마케팅부 | 전화 | 02-302-1250, 팩스 | 02-302-1251
ⓒ장소현 곽설리 김영강 정해정 조성환, 2022

값 15,000원
잘못된 책은 바꾸어 드립니다
지은이와 협의로 인지는 생략합니다
무단 전재 및 복제를 금합니다
ISBN 979-11-5629-143-5 03810